講談社文庫

倒錯のロンド

完成版

折原 一

JN043117

目次

倒錯のロンド　完成版

プロローグ　盗作の発見

外では寒風が吹き荒れていた。窓を閉めているにもかかわらず、冷気が戸の隙間からしつこく忍びこんでくる。時折、ガラス窓がガタガタと震えた。

四畳半の狭い部屋。

彼は部屋に戻ってくると、小さな赤外線コタツのスイッチを入れ、手垢《てあか》がついて汚れた布団の中に手を差しこんだ。かじかんだ手に感覚が戻るのを待って、彼は買ってきた紙袋を乱暴に裂き、中から雑誌を取り出した。

「月刊推理」三月号だった。

この号には、月刊推理新人賞の結果が発表されているのだ。今年はどういうことになっているのか、彼は特に気になっていた。

月刊推理新人賞結果発表！
幻の女　白鳥翔
三十二歳の新鋭、衝撃のデビュー。420枚堂々一挙掲載

目次を開くと、いきなりそれが目に飛びこんできた。予想もしていなかったので、ショックも大きい。彼は震える指先で、目次に示されたページをめくった。

「嘘だ、信じられない。ぼくの『幻の女』が……」

思わず口に出していた。「もしかして、これは盗作じゃないのか」

彼はページをどんどん繰っていった。読み進むうちに、疑惑が確信に変わった。

何度読み返しても、「山本安雄」とあるべきところが「白鳥翔」になっている。エピローグに達した時、彼は再び最初にもどって、「受賞のことば」を読んだ。

「初めての応募で受賞できるとは思ってもいませんでした。……受賞作が『幻の女』に決まったと、編集部から電話を受けた時の天にも昇る心地は、一生忘れないと思います。……ほんとうにありがとうございました……」

受賞した時の決まり文句だ。

胸から上の写真もついている。白鳥翔が彼に笑いかけていた。……

第一部　盗作の進行

〔第20回　月刊推理新人賞〕
募集開始！

本賞は推理作家の登竜門として、わが国で一番古く伝統があり、これまで有能な作家を輩出してきました。第19回に引きつづき、新たに第20回の原稿を募集開始します。推理界に新風を送る力作をお待ちしています。

〔応募規定〕

□種類と枚数／広い意味の推理小説で、自作未発表のもの。四百字詰め原稿用紙で三百五十〜五百五十枚（超過した場合は失格）。
□原稿のとじ方／全体を三冊にわけて、それぞれの右肩をとじる。
□氏名等の明記／別紙に住所、氏名（筆名）、生年月日、学歴、職業を明記する。

□原稿締切／八月末日（当日消印有効）。

□発表／三月号（一月発売）の「月刊推理」誌上。

□賞／記念トロフィーおよび賞金一千万円。

ならびに月刊推理社から出版する入選作の印税全額。

□諸権利その他／当選作の上映、上演、放送などの権利はすべて作者に属する。

□応募原稿／応募原稿は返却しません。応募後のお問い合わせには応じられません。

なお、二重投稿はご遠慮ください。

主催／月刊推理社

一　盗作の募集〔山本安雄の手記〕

四月一日

東京では桜が花開き、ようやく春めいた気候になってきた。ぼくは「月刊推理」を閉じると、大きく溜息《ためいき》をつき、窓の外を眺めた。

あと五ヵ月、そう、あと五ヵ月なのだ。月刊推理新人賞の締切まで五ヵ月と迫っていた。今、ぼくは東京の場末のボロアパートの二階の薄汚れた狭い四畳半の部屋で、折りたたみ式の小さなテーブルの前に座っている。机の上には、先をよく尖《とが》らせた鉛筆が数本と、封を切ったばかりの消しゴムが置かれ、五百枚の原稿用紙がきちんと積んであった。

推理小説作家を志してから早くも五年になる。二流の私立大学を卒業して、従業員数わずか八名の零細出版社に勤めたが、不規則で過酷な労働条件に嫌気がさして五年で退社した。その後はアルバイトをしながら何とか食いつないでいる。月刊推理新人賞の受賞という大目標があり、それが常にぼくの心の支えになっていたからだ。

小説のタイトルだけは、すでに決まっていた。『幻の女』。いい名前だろう。ウイリアム・アイリッシュに同名の有名なサスペンス小説があるが、ぼくも当然この古典的作品を意識している。大都会に生きる男女の孤独を謳《うた》い上げ、そこに犯罪をからませるのが、ぼくの意図するところなのだ。

会社をやめた年、ぼくは『幻の女』というタイトルの四百五十枚のサスペンス小説を一気に書き上げ、月刊推理新人賞に応募した。ペンネームは本名の山本安雄にした。

新宿の場末のバー街を舞台にして、殺人犯人に間違われた男の愛と、真犯人追及行を主題にした作品だった。自分としては、なかなかの出来だと思ったのだが、結果は散々で、一次予選さえも通過しなかった。後で自分なりに反省してみると、処女作としての力みがあったのと、アイリッシュの作品に似すぎたのがいけなかったのではないかと思う。タイトル名が同じで、しかもテーマも近いということであれば、選考委員としても、ぼくの作品を選ぶことにためらいを覚えるはずだ。それに文章が未熟だったこともマイナス材料になったにちがいない。

ぼくはそう解釈して、謙虚にその結果を受け止めた。ぼくはまだ若いし、先は長い。チャンスはこれからもたくさんある。その間に文章を鍛練して、後日に備えようと思った。

そして、この五年間、推理小説の傑作とされる東西の作品をたくさん読み、文体やプロットの研究を重ねた。つらい日々だったが、実力は大分ついたと信じている。

そうした研鑽《けんさん》と並行して、ぼくは過去二十年の「月刊推理新人賞」の受賞作を買ってきて、賞の傾向と対策をみっちり練った。何が何でも、賞の性格に合わせた作品を書けばいいってものではないが、ある程度は傾向にそったものを書いたほうが有利に決まっている。選考委員の好みや癖も知っておくにこしたことはないと思ったのだ。

そして、今や、賞の傾向と対策はしっかり頭に入っている。あとはテーマの熟成を待つだけなのであった。

そこで、ぼくは応募作品のタイトルとして、再び『幻の女』を使用することにした。以前、落選した時の苦い経験から、アイリッシュの二番煎じにならないよう、受賞狙いの小ぢんまりとまとまった作品に仕立てようと思っている。

歴史に残る傑作というものは、賞に応募するための限られた時間内に書き上げられるはずがない。必ずしもぼくの本意ではないが、月刊推理新人賞には、器用で穴の少ない無難な作品で応募したほうが勝ち目があると判断したのだ。それがこの五年間で得た結論だった。

満を持していた今年は可能性充分と見ている。

そう思って、朝早くから机の前に座りこんで想を練っているのだが、開け放たれた窓の下の大家《おおや》の裏庭の桜を見ていると、うまいアイデアが浮かぶどころか、ぽかぽか陽気も手伝って、眠気を覚えるだけである。

いつでも始められるよう準備万端整っているのに、未だに書き出せないでいる。文字一つ書かれていない原稿用紙の真白な紙面に日光があたり、まぶしくぼくの目を射る。

「だめだ、しっかりしろ。まだ構想を練り始めたばかりではないか。焦ることはない」

とぼくの中のもう一人のぼくが叱咤《しった》激励する。

ぼくはよしと気合を入れて、原稿用紙の第一枚目に大きく『幻の女』と記した。うん、けっこういけるじゃないか。字を書くことによって、心にゆとりが生じた。やはり書いてみるのが一番いいのだ。つづいて、その左下にやや小さめに本名の「山本安雄」を書いた。ペンネームはあえて使わないことにした。ペンネームを考える時間があるくらいなら、その間にアイデアを練っていたほうがましだ。本名の「山本安雄」は、シンプルだが、とてもいい響きを持っているので、ぼくは気に入っていた。

つづいて、住所と年齢を記す。

「平和荘二〇一号室」——築三十年くらいのボロアパートの四畳半。当然バスなしで共同トイレ使用だ。今時こんなところには学生だって入らない。受賞すれば、こんな汚い部屋ともおさらばだろう。来年の今ごろ、ぼくは都心のマンションで優雅な物書き生活をしているはずだ、たぶん。

「三十三歳」——新人としてデビューするには、ちょうどいい年齢。ぼくは適度の社会勉強はしているし、人間というものもかなり見てきている。ただ一つ弱点があるとすれば、女性関係だろう。身長百六十五センチ、小柄の醜男《ぶおとこ》なので、女性にもてたためしがない。しかし、今まで女性とは縁のなかったぼくでも、名をなせば、頼まなくても向こうから寄ってくるだろう。毎晩、銀座のバーに出向き、毎日違った女の子と遊ぶ。当分、結婚はしないつもりだ。

最後に略歴を書く。人に誇れるような過去は持っていないが、受賞すれば、新たに輝かしいページが加わる。みじめな過去を覆いつくすに充分のものだ。これまで、ぼくを相手にしてくれなかった奴らを見返してやろう。

ぼくの頭の中には、一年後に展開しているであろうバラ色の未来図が完璧に描かれていた。さわやかな風がやさしくぼくの頬《ほお》を撫《な》でる。うむ、いいぞ、この調子だ。すっかり気持をよくして、一枚目をめくり、二枚目に移った。ここにも一行目に『幻の女』と記し、「第一章　1」と書き出した。

さてと――。

問題は発端をどのようにするかである。読者を最初の一ページから引きずりこむような、魅力的なオープニングでないとまずい。何かうまい案はないだろうか。

ぼくは顎に手をあて、首を心持ち右に傾けた。大家の庭の塀の上に黒猫が丸くなって昼寝をしているのが視野の片隅に映った。のどかだ。すべて眠気を誘う構図である。

関係ないけれど、今日はエイプリル・フールなんだなと思った。

四月七日

大家の裏庭の桜が満開になった。ぼくの部屋は、ちょうど桜の木の花と同じ高さにあるので、絶好の花見席である。木は樹齢五十年といったところか。けっこうきれいなので、塀の外側を通りすぎる人たちも感心したように見上げていく。ぼくは缶ビールのプルリングを引っぱり上げ、ビールを喉に流しこむ。喉ごしも爽《さわ》やか。ああ極楽だ。

四畳半一間の狭い部屋で、家賃は二万三千円。夏はかんかん照りの熱帯地獄、冬は吹きっさらしの南極大陸という劣悪の条件にあるのだが、桜の季節だけは素晴らしい。ぼくがここから逃げ出さない一つの理由に、この桜の存在がある。

桜の開花は厳しい冬の終幕と、おだやかな春の到来を告げる。ぼくにとっては、小説を書き出す絶好のスタートの季節なのである。五ヵ月後の応募の締切を目指して、気持がもっとも充実しているというわけだ。

さて、ぼくは快い酔いに身を任せながら、原稿用紙に目を落とす。相変わらず、一枚目の枡目《ますめ》は一字も埋まっていない。一週間前だったら、おそらく焦りを感じていただろうが、今は違う。つい昨日、締切の八月三十一日に至るまで五ヵ月間の執筆スケジュールを作成したのだ。

それによれば、四月は構想をまとめるための準備期間で、五月から執筆作業を進め、七月いっぱいで原稿を仕上げる。そして、八月は全体の校正作業にあて、作品の完璧を期す。つまり、執筆期間は正味三ヵ月の九十日で、一日五枚の分量を書くとしても、四百枚の原稿は充分にこなすことができる。これでできなければ嘘だろう。

というわけで、ぼくは今、頭をのんびり休ませて、柔軟に思考をめぐらせている。アルコールの酔いも手伝って、何とかいけそうな気分になってきた。

『幻の女』は、おそらく来月の今ごろは三十枚目にかかっているはずだ。

四月二十七日

桜が蕾《つぼみ》をつけ、ゆっくり咲き始め、やがて花を散らせて青葉に変わる。早春から初夏への季節の移ろいを、桜はぼくにはっきりと見せてくれた。飽きない自然のショーを見ているうちに、四月はあっという間に過ぎてしまったような気がする。

今、桜は青々した若葉に覆われていた。

ぼくは机の前に座り、『幻の女』の構想を練っているが、そのようなわけで、プロットはまだ霧の中、はっきりした姿を見せてくれない。

でも、いいではないか。五月まであと四日ある。四日の間にプロットをまとめ上げ、五月一日には、ぼくは原稿を書き始めているはずである。人間というもの、追いこまれないと、エンジンがかからないものだ。そう、ぼくはもともとスロー・スターターで、最初はのろいのだが、一度火がつけば、猛烈にスパートする傾向にあるのだ。

四月二十九日

福島の田舎のおふくろから電話があった。

「安雄、連休には帰ってくるのか？」

懐かしい故郷の訛《なまり》に胸が熱くなる。ぼくは三人兄弟の末っ子で、おふくろの三十七歳の時の子供だった。おふくろにしてみれば、ぼくは目の中に入れても痛くない存在で、いつまでたっても赤ん坊のままなのだ。

「うーん、今年はちょっと無理だな」

「なんで？」

「小説を書いてるんだ」

「そんなもん、まだやっとるのか」

「ああ。でも、今年は違う。何とかなりそうなんだ」

「いつまでも、しょうもないものを……。帰ってこいよ。とうちゃんも寂しがってるだ」

おふくろの魂胆《こんたん》はわかっている。ぼくが帰ったら、お見合いでもさせる気でいるのだ。姉は嫁いでいるし、兄貴は家を出てしまっていて、農業を継ぐのはぼくしかいないのである。親父の力だけでは、あと何年やれるか、おふくろとしては不安なのだろう。だから、定職を持たないぼくが家を継げば、すべては丸く収まるのだ。小説家なんて商売は一人前の男がやるものではない。あれはヤクザのような仕事だと、おふくろはいつも口をすっぱくして言っていた。

それはそうなんだが……。

「でもな、かあちゃん。今年が勝負なんだよ。きっといい結果を出すから、今年だけは勘弁してくれよ」

「しょうがねえな、おまえがそんなに言うんなら」

「ごめんよ、かあちゃん」

「わかった、もう何も言わねえ」

電話の向こうで、おふくろのガックリと肩を落とす姿が目に見えるようだった。おふくろは気が強いのが取柄だったが、最近は年をとって、めっきり気が弱くなっている。

ぼくは「じゃあね」と言って、受話器を下ろした。途端に罪悪感めいた苦いものが喉から込み上げてきた。

おふくろには相当苦労をかけているし、早いところ楽をさせなくてはならないと思っている。でも、あと何ヵ月かで、ぼくに幸運が舞いこんでくるのだから、もうちょっとの辛抱だ。ベストセラー作家になれば、田舎に居を構えてもいい。何しろ、今はファクシミリがあるのだから、日本中どこに住んでいても、すぐに原稿を出版社に送れるのである。

待ってくれ、おふくろよ！

おふくろは今、七十歳、親父は七十二歳だ。ともかく急がねば――。

ぼくは机の前に座った。

五月六日

五月に入って、ちょっとしたアクシデントがあった。夜、ビールを飲み、ほろ酔い加減で布団にも入らずに寝てしまったため、頑固な風邪をひいてしまったのだ。その日は少し陽気がよかったので、窓を開けっぱなしにしておいたのもまずかった。ぼくは三十九度の熱を出し、ゴールデン・ウィークの期間中、うんうんと唸《うな》っていた。

ざまぁないよ、まったく。

ようやく熱が下がり、起き出してみたものの、まだ頭がふらふらする。

こんな状態でどうする。ぼくには、やらなければならないことがあるというのに。

「油断は大敵」であることを、これからは肝に銘じておかなければならない。

五月十五日

思わぬことで、原稿の執筆スケジュールに狂いを生じてしまった。身から出た錆《さび》と言えばそれまでだが、もたもたしている間に締切が三ヵ月半後に迫ってきていた。急いで計画を作り変えなければならない。

一日頭を絞って考えたスケジュールは——。

五月の残された日々（十五日間）は、『幻の女』の構想を練ることにする。六、七、八月の三ヵ月で一気呵成《いっきかせい》に原稿を仕上げる。四月の時点では、八月を校正の時間にあてていたが、これはカット。そんな悠長なことはしてはいられない。一日五枚で、九十日もあれば、書きながらの調整は可能であろう。ぼくの力ならできると信じたい。

そういう結論に達すると、急に眠気が襲ってきた。人間万事体力が肝要であることは、この前の体験で痛いほどわかっている。ぼくは早めに床にもぐりこんだ。

五月二十日

窓から漫然と外を眺めていると、塀のわきの狭い小路を白いTシャツを着た長身の男が入ってくるのが目に入った。親友の城戸《きど》明である。少し長めの髪が肩にかかっている。

城戸はぼくの高校時代の同級生だ。彼は美術関係の大学に進んだが、東京の大学だったので、交友は途切れることなく今もつづいている。ぼく同様に独身。

彼は大学卒業後、デザイナーの事務所に勤めたが、昨年独立して、大塚のマンションの一室に事務所を構えている。もっとも事務所とはいっても、個人営業のものではあるが。

「よう、しばらく。元気でやってる?」

城戸がドアをバタンと開けて、元気よく言った。楽天的な男で、悩みごとなんて言葉は、こいつの辞書にはない。

彼とは半年くらいのご無沙汰《ぶさた》だった。

「まあ、座れよ」

ぼくは自分の座っていたぺしゃんこの座布団を城戸に投げた。彼はそれを器用に片手で受け取ると、畳に敷き、その上にあぐらをかいた。

「相変わらず、物にならない小説を書いてるのか？　どうせだめなら、今のうちにやめといたほうがいいんじゃないの」

言いにくいことをずけずけと言うが、悪意がないだけに、ぼくとしては言われるほど腹は立たない。お互い全く畑違いのことをやっているのがいいのかもしれない。城戸は推理小説はおろか、本なんてめったに読まない男なのだ。

「おまえのほうこそ、事務所なんか開いて、大丈夫なのかよ？」

「まあ、ようやく軌道に乗り出したところだな。貧乏ひまなしだけどさ」

「それは、よかったな」

彼の成功は嬉しかったが、その反面、ふと我が身の行く末に思いが及んだ。このまま何も書けなかったらどうしよう、という不安が頭の中をよぎる。そんな心理状態が顔に現れたらしく、城戸が心配そうな顔つきになった。

「山本、今度はうまく書けそうか？」

「まあ、何とかなると思うけど。去年までと乗りが違うって感じがするんだな。こう、何か腹の底から力が盛り上がってくるような……」

とは言ってみたものの、自信がないから、今一つ声に力が入らない。

「あてにしないで、気長に待ってるよ」

「書き上がったら、まずおまえに見せるよ」

「ほんとに、できたらな」

城戸が冗談めかして言ったので、ぼくもつられて笑ってしまった。

「ところで、今日は何の用だ？」

城戸が来る時はどうせろくな用事ではない。たぶん酒の誘いか……。

「決まってるじゃんか、新宿へ飲みに行こうと思ってね。おまえを誘いにきたんだ」

ほら、図星である。しかし、小説のアイデアが浮かばないのに、悠長に酒を飲む気になどなれなかった。

「ぼく、小説のプロットを練っているんだ。悪いけど、今日は遠慮しとくよ」

冷たいとは思ったが、そう言って断った。

「どれどれ」

城戸はぼくの机の上を無遠慮にのぞきこんだ。慌てて原稿用紙を隠そうとしたが、遅かった。

「なんだ、まだ白紙じゃないか」

「これは、メモの段階だから……」

咄嗟《とっさ》に苦しい言い訳をしたが、城戸の目をごまかすことはできなかった。

「おいおい、家の中にばかり閉じこもっていると、体にコケが生えちまうぞ。たまには気晴らしをしなくちゃだめだよ。飲んでると、案外、ぽっとうまいアイデアが出てくるもんだぜ」

「ああ、でもなあ」

結局、城戸に強引に引っぱり出され、新宿で大いに飲んだ。ぼくは酔った勢いも手伝って、城戸に月刊推理新人賞に対する熱い思いを諄々《じゅんじゅん》と語って聞かせた。持つべきものは親友である。ふさいでいた気分が晴れ、何か書けそうになってきたから不思議だ。

六月一日

不安が現実になった。ぼくはまだ小説を書き出せないでいる。締切まであと三ヵ月になったというのに、構想さえ満足にまとまっていない状態なのだ。それに、冬の間にアルバイトで稼いだ資金が底を尽きかけているのも不安材料だった。十日くらい肉体労働をして、まとまった金を手に入れるしか手立てはないようだった。最後の手段として、おふくろに無心する手もあるが、これはぼくを田舎に連れもどす絶好の口実を両親に与えることになるので、絶対に避けたい。

しかし、それにしても、一行も書けないとは、どういうことだろう。

ぼくはスティーヴン・キングの恐怖小説『シャイニング』の一場面を思い出した。あの中で、作家志望の夫が深い雪に鎖《とざ》された山荘ホテルでしきりにタイプライターを打っていた。ところが、打ち出されたのは全部同じ文章の羅列であった。あれを読んだ時、ぼくはその男に対して哀れみを感じたが、自分には縁のない別世界の話と考えていた。しかし、今もこんな状態では、下手をすると、ぼくもああいう悲惨な目に遭いかねない。

そうならないためにも、ここは頑張らなくては……。

くそ、わかってはいるが、焦りばかり感じてしまうのだ。

六月十五日
何とか資金の目処《めど》は立った。アルバイトによる資金と、東京に嫁いでいる姉から借りた金で、八月の締切までは何とか持ちこたえられるだろう。あとは小説作りに全力を傾注するだけだ。
プロット、プロット……。
しかし、依然として浮かばない。

この時点で、ぼくはもう一度スケジュールの調整をした。

六月中にプロット作りを完成させ、七月、八月の六十日間で小説を仕上げる。一日に十枚書けば、何とか間に合うだろう。筆が進めば、一日二十枚も可能だ。

五年前に初めて小説を書いた時は、一日三十枚という驚異的スピードを記録したことがあった。ぼく自身の力量は、その頃に比べたら格段に向上しているので、わりあい簡単に目標はクリアできると思う。

自分の力を信ぜよ。頑張れ、山本安雄、未来のベストセラー作家！

壁に「根性」と油性ペンで書いた紙を貼りつけた。頭にハチマキをして、机の上の原稿用紙に目を釘づけにする。『幻の女』、真白な枡目……。

やがて、喉元まで素晴らしいアイデアが出かかっている感じがしてきた。

もう少しの辛抱、とにかく耐えることが必要だ。

その夜、妙な夢を見た。月刊推理新人賞の発表があって、なんと『幻の女』が受賞したのである。小躍りしながら「月刊推理」をよく見ると、受賞者の名前はぼくではなかった。何だ、これは……。ぼくはかっとなって、「月刊推理」を真中からずたずたに裂いた。

夜半、目を醒ました時、寝汗をかいていた。たとえ夢であっても、縁起がいいとは言えなかった。

六月二十五日

七月まであと五日になった。その間に考えをまとめて七月一日にはすぐに書き出せる態勢に入っていないと、冗談でなく本当に締切に間に合わなくなってしまう。

梅雨《つゆ》入りして十日以上たつが、毎日どんより曇っているか霧雨《きりさめ》が降っているかで、鬱陶《うっとう》しいことこの上ない。窓を開けると、湿気がどっと入ってくるし、閉めきったままだと、むしむししてまるでサウナにでも入っているようだ。こんな劣悪の状態がつづいた場合、はたして原稿が書けるのかどうか不安になる。

梅雨が明ければ明けたで、夏の強烈な陽射しが容赦なく部屋に侵入してくるだろう。それまでに作品の目鼻だけはつけておきたいが、頼みのぼくの頭が言うことをきかない。完全に思考ストップ状態。脳味噌が考えることを拒否しているのだ。

そこで、気分転換を図るため、城戸明のマンションを訪ねることにした。彼が事務所兼住居のマンションに移ってから、まだ一度も行ったことがなかったのだ。

ぼくのアパートは、東京と埼玉の境に近い、京浜東北線の東十条の近くにある。東十条から王子に出て、都電に乗り換え、大塚で降りる。

城戸のマンションは、大塚駅から巣鴨方面に五分ほど歩いたところにあった。小さな住宅が寄り集まった界隈に、その建物だけがちょっぴり浮き立っている。クリーム色の外観、五階建て。城戸もこんなところに事務所を構えたのかと、一種羨望《せんぼう》とも嫉妬ともつかぬ気持を味わった。

しかし、内部に入ると、それほど大したことはなかった。入口には管理人の事務所もなく、子供用の自転車が二台、通路を阻むように転がっている。一台きりのエレベーターに乗ると、3のボタンを押す。エレベーターの壁面には金属で引っかいたような落書があった。

三階は三つの部屋が廊下をはさんで向かい合っていた。合計六室。城戸の部屋は三〇三号室で、東側に面している。

ドアを叩くと、「入って」という声がした。鍵は掛かっていなかったので、ぼくはそのまま中に入った。縦長の狭い部屋だ。ワンルーム・マンションというやつだろう。手前左手にバスルームがあり、右手に流し台がついている。城戸はライトテーブルに顔を埋めるようにして定規で線を引いていた。ライトテーブルはベランダに面しており、その向こうに山手線の高架が見える。

「誰、今ちょっと取りこんでいるんだけどな」

城戸は仕事の邪魔をする奴は誰かと、いぶかしげな表情でふり返った。「なんだ、おまえか。何の用だ？」

「何の用だはないだろう。せっかく遊びにきてやったのに」

「見ての通り、おれ、今忙しいんだ」

「そんな言い草はないだろう。遊びに来いって、おまえが言うから、こうして……」

「あれは社交辞令だ。いちいち本気にする奴があるか」

「ちぇっ、相変わらずだなあ」

城戸はまた忙しそうに仕事に取りかかる。

「キッチンにコーヒーがあるだろ、勝手に飲んでいてくれ。おれ、あと少しで一区切りつくから、もうちょっと待っててよ」

「最初からそう言えばいいじゃないか」

ぼくはインスタント・コーヒーを二人分作ると、一つを城戸のライトテーブルに置いた。

城戸は、コーヒーに見向きもしないで製図をつづけている。ぼくは彼の背後にあるソファーベッドに腰を下ろし、部屋の中を改めて見まわした。ビジネスホテルのように味も素気もない。頭上でエアコンが涼しい風を吹き出している。思ったほど大した仕事場ではないが、快適なこと、ぼくのアパートとは比較にならなかった。

「おい、ここの家賃高いんだろう。おまえの稼ぎで大丈夫なの？」

「これでも、けっこう忙しくてな」

十分後、城戸がようやく仕事を終え、椅子を百八十度回転させた。ぼさぼさの髪をかき上げ、寝不足で充血した目でぼくを見る。

「おれはいいけど、おまえの小説はその後どうなんだ？」

「う、うん……」

ぼくは言葉をつまらせる。周りを見まわして、「こんな涼しいところだと、いい考えも浮かぶんだろうがな」

と言った。

「それ、どういうこと？」

「実を言うと、まだ構想がまとまらないんだ」

ぼくが気まずく下を向くと、城戸は笑った。

「どうせ、そんなことだろうと思ったよ」

「そう言われるとつらいんだ」

ますます気が滅入《めい》った。

「まあ、そんなに弱気になるなよ。おまえさえよかったら、ここ使ってもいいんだぜ」

「え、使ってもいいって？」

「おれの仕事の邪魔をしないと約束してくれるんなら、そのソファーに寝転がってアイデアを練ってたっていいんだぜ」

城戸が信じられないことを言った。

「だって、それじゃ……」

「こっちは何もかまってやれないがな、それでもよければだ」

こんなうまい話、あるのだろうか。

「ほんとか？」

「ああ、かまわんよ」

渡りに舟とはこのことだった。

「なんか、甘えるようで悪いな」

「愚かな親友が苦しんでいるのに、黙っていられるか」

「そうか、悪いな」

ぼくは天にも昇る心地になった。これでプロットも思いのままだ。城戸にはいくら感謝してもしきれない。

「ほんの四、五日でいいんだ。七月までにプロットをまとめるだけだから」

「遠慮するな。それから、そのワープロも使っていいぞ」

城戸は、ライトテーブルわきのビニールカバーを被せた機械を差し示した。「作家になったら、ワープロくらい使えなくっちゃな」

「何から何まで心配かけるな。すまん」

そんなわけで、ぼくは五日間、城戸のマンションに居候《いそうろう》することになった。

七月一日

締切までいよいよあと正味二ヵ月、日数にすると約六十日だ。

朝七時、鳥の囀《さえず》りに目を醒《さ》ましたぼくは、床の中に入ったまま、心臓の鼓動に耳をすました。波が岩頭に打ちつけられるような響き……。ぼくは胸の高鳴りを強く意識した。

起き上がり、また横になる。

ここは東十条のぼくのアパート。

城戸のマンションには、先月五日間厄介《やっかい》になったが、あいつのところ、来客がけっこう多く、電話もかなり鳴るので、快適な空間ではあるが、落ち着かないことこの上なかった。想を練るどころか、気が散ってしまって、かえって逆効果だった。

それよりもっとひどいのは城戸の存在である。彼は六時に仕事を片づけると、冷蔵庫からビールを取り出して、うまそうに飲む。ぼくも同じ部屋にいるわけだから、彼は当然ぼくにもビールを勧めるわけだ。そして、毎晩、酒宴になって、結局池袋に出かけて何軒かハシゴすることになる。ぼくもぼくで酔ってしまうと、気が大きくなってしまうのである。

「先生、もうすぐ締切ですから、早くしてくださいよ、頼みます」

呑み屋で城戸があたりをはばからず冗談半分に騒ぐものだから、客の注意を引きつける。

「おたく、作家なんですか？」

隣合わせになった客などは、わざわざ聞いてくる。すると、城戸は、

「この人、山本安雄って言ってね、月刊推理新人賞を取ったんですよ。若いけど、将来有望の新人なんです」

てな具合で、ますます悪乗りする。ぼくが陰で彼の袖《そで》を引くと、

「ま、いいからいいから、誰も覚えちゃいないし、前祝いをやって悪い理由もあるま

いが」

と小声でつぶやき、さらにホラ話を即席でこしらえてしまう。

そういうことに関しては、城戸は天才的なのだ。ぼくも悪い気はしないから、ついつい乗せられてしまう。ぐでんぐでんになって城戸のマンションにたどりつくのは、いつも午前の早い時刻。お昼近くに目が醒めると、城戸は前の晩のことを忘れたかのようにライトテーブルに向かって仕事をしているが、ぼくは二日酔いの頭を両手で抱えて呻《うな》っているというわけだ。

六月三十日も、六月最後の晩だと勝手に理由づけた城戸に焚《た》きつけられて、したたか飲んだ。

しかし、ぼくは七月一日から執筆開始することが、どんなに酔ってはいても頭の隅にこびりついていたから、城戸の手をふりきり、必死に這《は》うようにして我がアパートに帰りついたのだった。

午前七時三十分、再び起き上がる。二日酔い、そしてみじめな敗北感……。

さっき感じた胸の高鳴りは、胸のむかつきから来ているものだとわかった。

横目で机の上を見る。原稿用紙は誰の手にも触れられずに待っている。何も書かれていない未来の処女作。ああ、情けない。

七月二日

二日酔いからようやく解放された。昨日は一日中使いものにならず、ぼけっと庭を見ているだけだった。自分に対する嫌悪感がいや増す。

七月五日

「さあ、書き始めよう」

これが、七月に入って朝起きた時に自分にかける言葉だ。一種の暗示療法。

だが——。

さあさあさあと、けしかけるのだが、肝心のぼくの脳味噌が言うことをきかない。焦りで気持だけが空まわりする。

「おいおい、山本安雄、作家の夢はどうするんだ！」

机に向かう日課もこの頃は苦痛になりかけている。窓を開けると、庭の草木の手入れをする大家のおばあさんと視線が合った。ぼくはきまり悪くお辞儀をするが、おばあさんは少し首を傾《かし》げて家の中へ入っていく。毎日毎日、窓辺に座るぼくを彼女はきっと変人だと思っているにちがいない。ぼくはそういうことに人一倍敏感なたちである。意識の片隅に羞恥心めいたものが湧いた。

むし暑い。本格的な夏の到来も間近のようだ。

再び机に向かってスケジュールを引きなおす。七月十日から八月三十一日までの約五十日で、一日あたり十枚。これで小説が完成しそうだ。七月十日まではプロットを練る期間とする。

本当にこれが最後だぞ。

最後通牒。

七月十五日

梅雨明け宣言のラジオ放送を、ぼくは一九四五年八月十五日の昭和天皇の玉音放送を聞く思いで耳にした。情けない。本当に情けない。原稿用紙にまでバカにされているみたいだ。

窓を開けると、真夏の熱波が押し寄せて、額から大粒の汗がどっと噴《ふ》き出してくる。

暑くて仕事にならないので、どこか涼しいところに行くことにした。そうだ、気分転換に本屋にでも行ってみよう。

東十条駅前のブックス・オークラには、推理小説の新刊がたくさん並んでいた。どれもつまらなそうなものばかりだ。毎年おびただしい数の推理小説が出版されているが、すべて粗製濫造で、この程度のものなら、ぼくにでも簡単に書けると思う。ぼくはぱらぱらとページを繰りながら、ある新作の粗探しをしていた。

どのくらい書棚の前に立っていただろうか。突然、ぼくの頭の中に稲妻の如く閃《ひらめ》いたものがあった。それは、最初はっきりした形をしていなかったが、やがてむくむくと入道雲のように大きくなって、ぼくの眼前にその全貌を現した。

やった。ついに見つけた！

とびきりのプロット、とびきりのトリックが浮かんだのだ。賞の応募作はこの線でいくしかないと思った。そうと決まれば、早く家に帰って執筆を始めるしかない。

ぼくはヒントを与えてくれた本屋のレジの店員に敬意を表するために、平積みにされていた新刊の推理小説を一冊買って、「ありがとう」と礼を言った。当然のことながら、何も知らない店員は目を白黒させた。

飛ぶようにアパートにもどり、机の前に陣取る。これまで苦痛をもたらすだけだった原稿用紙の枡目が、今度はぼくに勇気を与えてくれた。暑さもまったく気にならなかった。

なんと信じられないことに、今日は三十六枚まで筆が進んだ。四百字詰めの三十六枚だぞ。泉の如く湧くプロットを押し留めるのが難儀なくらいだった。夜九時、指に軽い痛みをおぼえて、ようやく鉛筆を置いた。この調子でいくなら、何も慌てる必要はない。

やはり、ぼくには天賦《てんぷ》の才能があった。今まで焦っていたのが滑稽《こっけい》なくらいだ。人間、締切が迫って本当に進退きわまらないと、動き出さないのかもしれない。

その晩は、ビールを飲みながら駅前で買ってきた新刊の推理小説を読了する余裕もあった。

七月二十日

『幻の女』の執筆は想像以上にはかどった。まさに神がかりとさえ言えた。何者かがぼくの頭の中に取り憑《つ》いて、命令しているようだった。ぼくは指の動きに従えばよかったのだから楽だった。まるで書き写すような感覚とでもいえばいいのだろうか。

ある日、突然、泉が涸《こ》渇《かつ》するなんてこともなく、七月十五日に三十六枚書いたのを皮切りに、一日平均三十枚、堰《せき》を切ったような勢いで書き進めた。

今朝、机に向かった時は百八十枚目にかかるところだった。このペースで行くと、四百枚に達するのは、今月の二十八日あたりになるだろう。ということは、四月の時点で最初に立てたぼくの計画――七月までに書き終えて、八月は校正作業をする――にも追いついてしまう計算になる。いやはや、おそるべきスピードだった。

しかし、ぼくが思うに、この原稿は完璧に近いので、それほど手直しもせずに提出できるのではないだろうか。つまり、思いがけない時間的余裕が生じたことになる。ここ数ヵ月、どこにも行かず家に閉じこもりきりだったから、運動不足になっている。この分だったら、プールに行くことも充分可能だ。やったぜという気分だった。

八月一日

締切まで、あとちょうど一ヵ月。

しかし、余裕だね。ぼくは今、アパートで惰眠《だみん》をむさぼっている。何もしなくていいのは実に気持がいいものだ。あれだけの傑作をわずか十四日で仕上げた後の快い脱力感。妊婦が子供を出産した直後というのは、こんな気分なのだろうか。

確かに、ぼくの場合、執筆にかかる前の三ヵ月半の地獄の産みの苦しみがあったから、その反動でよけい力が抜けたのだろう。

原稿は四百二十枚で、七月二十八日に脱稿した。密室トリックをメインに据えた追いかけテーマのサスペンスである。これなら、アイリッシュの『幻の女』の猿真似《さるまね》と批判されることもない。全然違うムードの本格推理小説だし、傑作の手応えも充分である。賞の奪取も夢ではなかった。

できた原稿は、先月の二十八日、城戸のところに持っていき、読んでもらうことにした。それからもう四日もたっているから、城戸もそろそろ読み終えているはずだ。

ぼくは近所のラーメン屋で冷やし中華を食べた後、夕涼みがてら大塚にある城戸のマンションを訪ねた。

城戸はソファーベッドに横たわりながら、ぼくの原稿をめくっているところだった。

「読んだか？」

「うん、まあな」

城戸のそっけない反応に少し不安になる。

「どうした、面白くなかったか？」

「面白かった。おれ、ミステリーにあまり強くないけど、けっこう感動したぜ」

「じゃあ、何だよ、そのつまらなそうな顔」

「ああ」

「ああじゃわからないよ」

「これ、だめかもな」

城戸がどきりとすることを口走った。冷静な口調だけに、ぼくの胸にどす黒い不安が頭をもたげる。

「ど、どうしてだ？」

「はっきり言って、読みにくい。おれ、これを読むのにひどく苦労をしたぜ。今だって、わからないところを読み返していたんだ」

確かに、ぼくの字は汚い。でも……。城戸はつづけた。

「今はな、ワープロが普及しているから、ワープロ原稿の応募のほうが多いと思うよ。おまえのような汚い字で応募すると、それだけでもうハンデになるんだな」

「それはそうだけど……」

城戸の言うことにも一理ある。ぼくはがくっとした。

「これ、使ってみないか」

「え？」

城戸はワープロを指差した。

「まだ、締切までまるまる一月あるから、ワープロで清書する時間はたっぷりあるぞ」

「でも、ぼく一度もワープロ打ったことないんだぜ。使いこなすまでに時間がかかるんだろう？」

「そんな情けない顔するなよ。おれがやってやるから」

「だって、おまえ、仕事は？」

「ばかだな、一日中ワープロにかかりっきりになるわけないだろ。空いている時間にやれば、こんなもの、十日で打ち終わるさ。それにしたって、まだ余裕があるから、おまえが校正する時間もたっぷりあるぞ」

「ほんとにいいのか。悪いな」

「でも、高いぞ」

城戸はにやりと笑った。

「いくらだ？」

「出世払いでいいよ。受賞したら、それに見合う分、もらうことにするから」

「受賞は間違いなしさ」

城戸に原稿を見せておいて本当によかった。生原稿のまま出そうとしていた自分がおそろしい。何が幸いするかわからないものだ。

その晩は城戸のマンションで、少し早いが、祝杯を上げることにした。

「受賞おめでとう。山本安雄先生」

「いや、どうもすまん」

ぼくは照れて頭をかいた。

受賞。そうなれば、いいけどなあ。正直な気持。

どこかで花火の上がる音がした。それがぼくには祝砲のように聞こえた。

八月十三日
城戸に『幻の女』の原稿を預けてから、ぼくは久しぶりの自由を満喫した。お盆に田舎に帰ろうかと思ったが、やめた。おふくろを喜ばせてあげたいのはやまやまだが、ぼくのために骨を折ってくれている城戸の手前、ぼくだけ里帰りするのは気がひける。

かわりに、ぼくは近くの遊園地のプールに行って、思いきり肌を焼くことにした。

一週間連日通いづめだったので、ぼくは真黒になった。

午後一時、皮がむけて白黒まだらになった顔で、ぼくは窓辺に座っていた。桜の木で、ミンミンゼミが鳴いている。

机を前にするのも何日ぶりだろう。一月前まで何日も必死になって原稿を書いていた自分が信じられなかった。

大家のおばあさんが庭に出てきて、ぼくの顔を見てぎょっとしたような顔つきになった。ぼくがお辞儀をして笑いかけると、おばあさんは草刈りガマを置いて、慌てて家にもどっていった。ふだん、ぼくの青白い顔を見慣れているから、ぼくの突然の変貌ぶりにうろたえたのだろう。ブロック塀の上を器用に歩いている黒猫も、ぼくをにらみながらフーッと唸り、長いしっぽを逆立てた。

三日前に城戸に電話すると、「急な仕事が一つ入ってしまった。悪いが、原稿は十三日まで待ってくれ」と言われた。

今日あたり、そろそろ城戸からの電話が入ってもいいのだが、こっちから電話をかけてみると、不在だった。

部屋の中の温度が上がってきた。ぼくは今、暑いのを我慢して机の前に座っている。城戸が来れば、窓から見えるはずだった。

二時、三時、四時……。それでも彼はまだ姿を現さない。

五時になった。ぼくもだんだん苛立《いらだ》ってきた。遅くなるなら、一言ことわってくれればいいのに。

六時。あと一時間で日没だ。ぼくはしびれを切らして立ち上がった。軽く食事でも取っておこうと思ったのだ。出かけようとして、窓を閉めようとした時だった。見慣れた長身の男が角を曲がって、塀ぎわの小路を駆けてくる。

城戸の奴め、やっと来たか。待たせやがって。

アパートの階段を駆け上がる音が聞こえて、城戸が息を切らしながら部屋に入ってきた。

「おい、遅いじゃないか」

ぼくはそう言ったきり、言葉を失ってしまった。城戸は激しく駆けてきたにもかかわらず、汗一つかいていなかったのだ。真青な顔がひきつっている。これは何かよくないことが起こったのだとぴんときた。

「どうしたんだよ、一体？」

ぼくが声をかけると、城戸は急にへなへなとドアのそばにくずおれ、ぼくに向かって土下座をした。いつもの剽軽《ひょうきん》な彼とも思えない。Tシャツの肩が小刻みに震えていた。

「許してくれ、山本。この通りだ」

「謝っているだけじゃわからないよ」

ぼくには、城戸がよくないことを言おうとしていることが本能的にわかった。彼は手ぶらだったのである。原稿が遅れただけなら、土下座をするはずがない。

「まさか、原稿をなくしたんじゃないよね」

ふと、そんな言葉が口をついて出た。「清書の時間をもっとくれと言うんだろ？」

すると、城戸はびっくりしたように、ぼくの顔を見た。

「お、おまえ、よくわかったな。実は原稿をなくしてしまったんだ」

そして、城戸はしおれた花のようにうなだれた。

「冗談だろ、ぼくを驚かせようとしているんだろ？」

ぼくはそう言ったが、心の中では、その事実をしっかり受け止めていた。精一杯の努力をして、「とにかく、ぼくに話してみてくれ」

と城戸の体を引き上げた。彼の顔は涙でくしゃくしゃになっていた。

「電車でなくしたんだ。気がついて引き返した時は遅かった」

城戸の話はこうである。

ワープロを打ち終わったので、生原稿と印刷原稿をまとめて手提げの紙袋に入れ、マンションを出た。大塚駅から山手線に乗り、田端で南浦和行きの京浜東北線に乗り換えた。紙袋を電車の網棚に乗せたまではいいが、東十条駅でうっかりして紙袋を置いたまま降りてしまった。忘れたのに気づいたのは、駅から七、八分ほど歩いた時で、慌ててもどって駅から電話を入れてもらったが、電車はすでに終点の南浦和に到着しており、忘れ物はないという返事だった。

「途中駅では見つからなかったのか？」

「赤羽から蕨《わらび》まで四つの駅を調べてもらったけど、なかったそうだ」

城戸は自分で調べようと、南浦和駅まで行ったが、空しく引き返してきたという。

「ごめん、せっかくの原稿を。取り返しのつかないことをしてしまった」

「でも、原稿を記録したフロッピーがあるだろ？」

そんなものがあれば、城戸がこれほどしょげているはずがない。だが、最後の望みを託して、ぼくは聞いた。

「フロッピーも袋に入れてしまったんだ。おまえにあげようと思ってね」

「なんてこった。信じられない」

全身から力が抜けた。せっかく手に入りかけた栄冠が、するりと両手から抜け出したような気持だった。城戸を殴りたかった。力いっぱいぶちのめしたかった。しかし、しょげかえった彼の顔を見ると、気勢を殺《そ》がれてしまうのだった。

「もう、いい。帰ってくれ」

そう言うのが精一杯だった。

「山本、駅の遺失物係に、出てきたら連絡してくれるように手配しておいたよ」

「そんなこと、気休めさ」

今さら城戸を責めてもしようがなかった。覆水、盆に返らずだ。

「山本、なあ山本……、この償いは必ずするからさ」

「うるさい、帰ってくれ。もうどうにもならないよ。フロッピーもないんだから」

「なあ」

「城戸、もう二度とぼくの前に顔を出すな。友だちづきあいもこれっきりだと考えてほしい」

城戸は、うなだれたままだった。

「早く帰れというのがわからんのか」

ぼくは声を荒らげて、城戸の肩を蹴った。城戸は仰向けに転がったが、抵抗もしない。それがぼくの怒りをよけいにかきたてた。

「ばかやろう、早く帰れよ」

そう怒鳴って、ぼくは机の上で両手で頭を抱えこんでしまった。

どうしたらいいんだ、ぼくの血と涙と汗の結晶を……。涙がとめどもなくあふれ出てきた。

背後でドアが静かに閉まる音がした。やがて慌ただしく階段を駆け下りる音がして、「何するんだよ、ばかやろう」という罵声が聞こえた。きっとアパートの人間に城戸がぶつかったのだろう。

どじ野郎め。

ぼくがゆっくり顔を上げると、点灯されたばかりの街灯の下を城戸が駆けていくのが涙のベールを通して霞んで見えた。

ぼくは栄光を失ったのだった。砂の城が波にさらわれて跡形もなく消えていくような空しさを覚えたのである。

二　盗作の誘惑

1

三十二回目の誕生日を目前にして、永島一郎は十年間勤めた印刷会社を辞めた。業界では中堅クラスの会社だが、営業の仕事はきつく、彼はそれまで転職の条件さえ整えば、いつでも飛び出そうと思っていた。

退社する直接のきっかけは、上司への暴行である。彼は組合活動をやっていたから、ふだんでも上からにらまれていたが、労働条件改善の交渉で相手の挑発に乗り、ついかっとなって相手を殴ってしまったのである。永島の短所は気が短くて喧嘩早いことで、これも災いした。会社側は永島に工場部門への転属を命じたが、彼はそれを蹴り、辞表を叩きつけたのだった。

会社の策略にまんまとひっかかった形だった。しかし、永島には会社への未練はないし、気兼ねをする家族もいなかった。彼は妻とは二年前に別れていた。わずらわしい人間関係に気を遣わなくてすんで、正直言ってせいせいした気分だった。

　ところが、身辺が落ち着いて、いざ仕事を探すとなると、ことはうまく運ばなかった。経験のある印刷関係の仕事に職を探そうとしたが、うまくいかない。会社時代に付き合いのあった製本会社や製版所などは、会社あってこその永島で、肩書のない現在の彼には見向きもしてくれなかった。うちは零細企業でこれ以上雇用のゆとりはないというのが、表向きの不採用の理由だったが、裏から元の会社の圧力が働いているのは間違いなかった。

　それから九ヵ月後、永島はまだ職にもつかず、ぶらぶらとしていた。赤羽の高台にある公団住宅の二DKの部屋に住み、わずかばかりの退職金と失業保険で何とか食いつないでいたが、いつまでもこのままではいられなかった。失業保険の給付はあと二ヵ月で切れるので、そろそろ本腰を入れて就職活動をしなければならなかったのである。

　八月十三日、永島は王子の職業安定所へ出かけて就職相談をした。

　就職する気持はあるものの、安定所の求人票には彼の希望する印刷関係の職種は少なかった。あっても年齢制限に引っかかった。係員はぜいたくばかり言っては就職はできない、別の職種を選んだらどうかとしきりに勧めたが、永島は断固として首を縦にふらなかった。あと二ヵ月チャンスがあるから、もう少し考えさせてくれと彼は答えた。

その日は四週間分の失業保険給付の手続きを取るだけにして帰ることにした。午後三時十分、汗を拭きながら王子駅のホームに上がると、ちょうど南浦和行きの電車が入ってくるところだった。車内はがらがらに空《す》いている。王子駅でさらに客が降りて、彼の乗った車両には五、六人の客がいるだけだった。

冷房のよく効いた車内にほっと溜息をつき、連結部寄りの三人掛けの席を一人で占領する。向かいの席はシルバーシートになっており、若い男がやはり一人で座っていた。

男が永島の注意を引いたのは、今どきはやらない長髪をしていたからである。ジーンズの上に汗で濡れたTシャツ。目鼻だちがはっきりしていて女にもてそうだが、不精髭がすべてを台なしにしている。年齢は二十代後半から三十代前半といったところか。永島が観察していると、男の視線と一瞬合ったので、永島はさりげなく目をそらした。網棚の上に黒い紙袋があるのが、その時、目に入った。

次の東十条駅で男は立ち上がった。手ぶらで降りたので、永島は網棚の荷物が気になった。どう考えても、あの男の持ち物としか思えないのである。永島は立ち上がって、男に渡そうと網棚の荷物に手を伸ばした。

ところが、持ってみると、意外に重く、網棚から下ろす時、ちょっとバランスを崩し、袋の中身が外にこぼれてしまった。

中身を元にもどしているぶん、時間をロスしてしまった。ドアにたどりついたちょうどその時、ドアが無情にもプシュという真空音を出して閉まったのだった。

男は何も気づかないまま、もうホームのかなり前方を歩いている。

電車がゆっくり動き出した。永島はシルバーシートの窓を開けて、男のわきを通過する時に注意を喚起しようとした。手をふりながら、

「おい、あんた忘れものだよ」

と怒鳴ったが、その声は電車の轟音《ごうおん》にかき消され、男の耳には届かなかった。改札口に向かう男の後ろ姿が一瞬のうちに視界から消え去った。

「くそ、まいったなあ」

永島は紙袋を持って元の席に腰を下ろす。その間の事情を目撃していたものは同じ車両にはいなかった。近くで中年の女が一人、バッグを両手に抱えこんで舟を漕いでいるだけだった。

「ま、いいや。赤羽の駅に届けるとするか」

そう思ったが、重い荷物の中身が気になって紙袋の中をちらっとのぞいた。見るだけなら文句はないだろう。かなりの量の原稿用紙とワープロで印刷された紙、それにフロッピーが入っている。彼はワープロ原稿のほうを取り出した。紙は二百枚くらいあって、右端が大きなクリップで留めてあった。

一枚目の「月刊推理新人賞応募作品」という文字が、まず彼の目を引いた。

「なんだ、小説か」

つづいて、『幻の女』と拡大された文字と「山本安雄」というペンネーム。さらに住所、生年月日、職業、略歴が書かれており、次の二枚目から小説が始まっていた。住所は東京都北区東十条とあるから、やはりあの男の忘れものに間違いなかった。本人にとっては、さぞかし大事なものだろう。永島は、駅の遺失物係を通さず、今日中に直接本人に持っていってやることにした。どうせ、こっちは暇なんだから。それに、「山本安雄」の職業は無職と書いてあるではないか。

山本が無職だということに、永島は親近感を覚え、小説を読んでその感想を直接聞かせてやろうと思った。

ちょっとしたいたずら心が働いて、永島は赤羽駅で降りると、駅前の喫茶店に入って原稿を読み始めたのである。

冷房のよく効いた喫茶店で『幻の女』を読了したのは、午後五時半である。永島は店内の柱時計を見て驚いた。いつの間にこんな時間にというのが偽らざる気持だった。込み始めた店内で、いつまでも四人席を占めている彼をウエイトレスが迷惑そうに眺めていた。

面白かった。『幻の女』は時間の経過を忘れさせるほど面白かった。一ページを読み始めるや、たちまち作品の虜《とりこ》になってしまったほどだ。

彼は印刷関係の仕事をしていたから、本とともまんざら縁がないこともなかったが、それほど読書はしなかったし、ミステリーにも詳しくない。しかし、その彼が一気に読破したのだから、『幻の女』はちょっとしたものだった。

永島は氷がすっかり溶けて味のしなくなったアイスコーヒーを飲みほすと、喫茶店を出た。日は西に大分傾いているが、明るいうちに原稿を作者の山本安雄の家に届けられるだろう。紙袋には手書きの原稿もあったが、こちらにも『幻の女』と記されていた。要するに、生原稿とそれをワープロに打ちなおした原稿、フロッピーがまとめて入れてあるのだ。

それにしても、こんな大事なものを電車の網棚に置き忘れてしまうとは、相当にどじな奴だ。今頃きっと青くなっているにちがいない。直接手渡してやって、山本の安《あん》堵《ど》した顔が見たいと思った。

本屋で参考のために、月刊推理新人賞の応募要項を探すと、「月刊推理」に載っていた。

「賞金一千万円、締切八月末日（当日消印有効）……」

「なんだ、まだ余裕があるじゃないか」

そんなに急ぐこともないだろうと思いながら、永島は重い紙袋を提げて赤羽から東十条へもどった。

山本安雄の住所は東十条三丁目とある。駅から十分も歩くと、その番地にブロック塀に囲まれた木造平屋の家があった。その敷地内に立つ二階建ての家が目指す平和荘というアパートだろう。いかにも学生の下宿屋然としていて、かなり古びている。二階正面の二つ並んだ部屋のうち、右手の部屋の窓だけが大きく開け放たれており、丸顔で色黒の若い男が机に頬杖《ほおづえ》をついているのが見えた。永島の立っているほうに顔を向けているが、その視線はどこか宙をさまよっているようだった。

「やっと着いたか」

つぶやいた途端に、永島の顔から汗がどっとあふれ出してきた。

アパートの玄関は共用になっており、靴やサンダルが乱雑に脱ぎ捨てられてあった。

山本安雄の部屋は、住所には二〇一号室とあったので、そのまま上がろうとした時、階段を駆け下りてくる足音がした。暗くて顔ははっきりしないが、あの長髪の男に間違いない。

ちょうどよかったと思い、永島は男に声をかけた。

「あの、ちょっと。あんた山本さんでしょう?」

何の反応もない。男は永島を見向きもせず、うつむいたままスニーカーを履《は》いていたが、永島が玄関に立ちふさがって動かないのを見ると、永島をいきなり突き飛ばした。

永島は不意をつかれて尻もちをついた。

「何するんだよ、ばかやろう」

永島は怒鳴った。しかし、男はそれを無視して黙って駆けだした。男は泣いているようだった。

「おい、忘れもの、どうするんだよ」

永島の呼びかけは、男の耳に入らなかった。舌打ちしながら永島が立ち上がった時、男の姿はすでに塀の陰に消えていた。

日は落ちて、あたりは暗くなりつつある。永島は荷物を持って男の後を追った。山本という男は原稿をなくして、きっと放心状態なのだ。ふだんは気の短い永島も、この時ばかりは男の行動を許す気になっていた。

男の姿を見失ったので、今日はいったん家に帰ることにした。締切はまだ半月も先のことだし、明日届けても遅いことはあるまいと思ったのである。

2

城戸明は大塚の仕事場にもどると、ソファーベッドにぐったりと横になった。原稿をなくしたショックがかなり尾を引いて、山本安雄のアパートからほとんど夢遊状態のままマンションにたどりついたが、こうして無地の白い天井を見つめていると、次第に自分の仕出かしたことの意味が心に重くのしかかってきた。

八月に入ってから二週間近く、城戸は親友の山本安雄のために、忙しい仕事の合間を縫ってワープロの清書作業をした。予定より三日遅れ、打ち終わった時は身も心もくたくたになっていた。四百二十枚は予想外に量があったのである。特に前夜は最後の仕上げということで徹夜だった。電車への置き忘れは頭がぼんやりしていたから起こったのだ。

しかし、山本に対する無料奉仕とはいえ、なくしてしまっては弁解の余地はない。生原稿がなくてはフォローのしようがないのだ。自分が死んで詫《わ》びても、何もかも失った山本に償いはできない。

城戸は『幻の女』をワープロに打っている時、これはひょっとして新人賞を取れるのではないかという予感がしていた。見事に考え抜かれたストーリー展開、巧みな人物描写、堅固な構成。三拍子そろった力作だった。発端からの息もつかせぬサスペンス、結末の意外性といい、ミステリーには門外漢である城戸も舌を巻いた。あの山本に意外な才能を見出して、親友として誇りにさえ感じ始めていたのである。

締切までの残された二週間の間に、あれと同じものを書けと言われても、元の原稿がなければ、実作者の山本でさえ、むずかしいだろう。山本の落胆を考えると、睡眠不足の今も眠気が吹き飛んでしまっている。駅には遺失物の届けがあったら連絡してもらう手はずになっているが、出てくる可能性は低いだろう。関係者以外には何の価値もない紙くず同然の原稿だ。おそらく今頃はゴミ箱に捨てられているのではないだろうか。

原稿を別のフロッピーにコピーしておけばよかったと思うが、こんなことになると誰が予想しただろう。今さら悔やんでも、どうなるものでもないけれども。

今は山本に対してしてやれることは何もない。ただ、一、二日の頭の冷却期間をおいて、山本が落ち着きを取り戻した頃、もう一度、東十条のアパートを訪ねてみることにした。

山本が自殺？　まさか、そんなことはしないだろうが……。

心配の種は、その晩、尽きそうにもなかった。

3

永島一郎が団地の自室にもどったのは、午後九時だった。

隣の部屋からむずかる赤ん坊の声が聞こえる。その耳ざわりな泣き声に、いつもなら我慢ができず怒鳴りこむところだが、今日はそれほど気にならない。

永島の住む棟は築二十年ほどの五階建てで、外観は黒ずんでいて見た目はよくないが、住むにはけっこう快適である。もともと小家族用の二ＤＫで単身者は入居できないことになっているが、五年前、彼は妻と一緒に入り、その後、妻と離婚してからもそのまま居座っているのである。一人者には充分すぎるほど広いし、家賃が安いのも魅力だったから、他へ移る必要も感じなかった。

住みにくいとしたら、近所づきあいのわずらわしさだろう。永島は人嫌いなので、隣の人間とさえ口もきかない。近所の人間も、永島が粗暴で怒りっぽいので、彼の妻がいなくなってからは近づこうともしなかった。

今、永島は拾った紙袋から原稿の束を取り出し、キッチンのテーブルの上で読み返している。ミミズのたくったような手書きの原稿は、読みにくいので放り出し、ワープロの原稿のほうをぱらぱらとめくっていた。

『幻の女』を最初喫茶店で読んだ時の印象は、今も変わらなかった。むしろ二度目のほうが作者の細かい工夫がよくわかった。作品の至るところに張りめぐらされた伏線や手掛かりに感嘆した。これほど面白い小説なら賞を取っても不思議ではない。永島にもそのくらいはわかった。少なくともテレビの夜のサスペンス・ドラマよりは数段優れている。

永島は本屋で見た月刊推理新人賞の応募要項を思い出した。

「締切八月末日……。賞金一千万円および入選作の印税全額……」

一千万円という賞金の額が印象に残る。それに印税が加われば、一体どのくらいの額になるのだろう。印刷業界で働いていた経験からすると、これだけの大きな賞なのだから、少なく見積もっても初版で最低五万部、売れ行きがよければ十万部の大台に乗ることもありうる。つまり、賞金と印税で最低一千五百万から二千万円が懐に入る勘定になる。

無収入で先行き大した職種も選べない永島にしてみれば、その額は魅力的である。今の彼の五、六年分の収入に匹敵した。

「もし、作者の山本安雄が『幻の女』を応募しなかったら――」

しょうもない考え。

だが、永島はその考えを発展させた。

「もし、作者の山本安雄の代わりにこのおれが応募したら――」

ふふふ、ばからしい。そんなこと不可能だ。一度はそう考えた。

いや、待てよ。

できないことはないかもしれない。一枚目の名前と略歴の部分を永島一郎に変えてしまえばいいのだ。実に簡単なことではないか。

では、残る問題は？

真の作者が現実に生き残っていることである。今日のあのうろたえぶりからすると、山本安雄はコピーを取っていなかったようだ。しかし、『幻の女』が永島一郎の名前で応募されて受賞してしまった場合、実作者の山本が気づかないわけがない。

山本はきっと永島を盗作者として訴えるだろう。それに反論するのは、ちょっとむずかしい。

「だめだ、だめだ。そんなばかげたこと、考えるだけ時間の無駄だ。原稿は明日届けてやろう」

永島は苦笑しながら煙草に火をつける。煙が立ちのぼり、彼と蛍光灯の間に白いベールを作った。煙が消え、蛍光灯が再びはっきり姿を現した時、

「いや、ちょっと待てよ」

永島は煙草の火を消した。正常な状態の彼なら、ここで考えを断ち切ったはずである。しかし、彼は今将来への不安を抱え、不安定な精神状態にあった。永島の心の隙間にふと悪魔の考えが忍びこんだとしても不思議ではなかった。

心の中で別の人格が囁《ささや》いた。

——一つだけ方法がある。

「何だ？」

――作者の山本安雄が死ねばいいのだ。

「死ぬって、あいつはまだ若いぞ。そう簡単に死ぬわけがないじゃないか」

――いや、死ぬんだ。

「死ぬって、まさか殺すんじゃないだろうな。やめろ、おれは腐っても殺人犯にだけは身を落としたくない」

――いや、殺さない。山本は自殺するんだ。自ら命を断つ。

「不可能だ」

――いや、できる。おれの手でその手助けをしてやるんだ。

「それは自殺幇助《ほうじょ》じゃないか」

――まあ、そんなところだ。だが、おれには絶対に見つからない自信がある。こっちの手を汚さずに、山本は死ぬ。

「そんな方法があるのか？」

――これから見つける。何とか方策はあるさ。

その時、隣室の赤ん坊の声が高くなり、永島の物思いは断ち切られた。

「あれ。おれ、今どうしちゃったんだろう？」

彼は頭を強くふった。急に自分が罪を犯した人間のような後ろめたさを覚えた。今日はいろいろなことがあったから、きっと疲れているにちがいない。早めに寝たほうがいいだろう。

彼は早速、床に入った。目を閉じると、耳元に再び悪魔の囁きが聞こえてきた。

翌朝、永島は睡眠不足の頭に水道の水を直接流した。気分がいくらかすっきりする。タオルで水気をぬぐって鏡に映した顔は、昨日までの彼とは別人のように見えた。

そう、別人だった。

ぼさぼさの髪と少し伸びた髭、目が腫《は》れぼったい。

しかし、そうした外見より、内面の彼は、さらに別人になっていたのである。

狂気に取り憑《つ》かれた男。

昨晩とは異なって、暴走の歯止めをする勢力、良心といったものは頭の片隅に追いやられていた。

電気料金の節約のため、ふだんはめったに使わないエアコンを、その日はフル作動させ、涼しい部屋の中で冷静に山木安雄を葬るプランを考えた。

日が落ちかけた午後六時頃、永島は山本安雄のアパートに向かった。まだ視察の段階である。アパートの周囲の状況や他の住人たちの様子を知っておきたかった。

彼が着いた時、例の二階家は西日で赤くなった空をバックに黒々と立っていた。正面の二つの部屋は、昨日と同じく右手の部屋だけが窓を開け放たれていた。窓のそばに黒い頭をのぞかせているのは、昨日見た色の黒い男だろう。塀から小路に入るところに街灯がついているので、見られないように腰を屈めてアパートに向かう。

一階の入口は開けられたままで、電気も消えて真暗だった。彼はおそるおそる中をのぞいた。

二階から人の声がする。よく聞いていると、何やら言い争っているようにも聞こえる。すると、ドアがバタンと開く音がして、二階からかすかに光が漏れてきた。背中に光を受けた黒い影が下りてきたので、永島は慌てて闇の中に身を潜めた。

姿形からすると、男のようだが、暗くて顔までは判然としない。男は靴を履《は》くと、足早に出ていった。街灯の下で、男の姿が一瞬浮かび上がる。見覚えのある長髪が風になびいた。

あの男だった。永島の目指す〝山本安雄〟である。永島はその後を追った。

通りに出ると、どこも明るく照らされているので、見失う気遣いはなかった。男はどうやら東十条駅に向かっているらしい。

〝山本〟は駅に着くと、自動券売機で百六十円分の切符を買い、上野方面行きのホームに下りていった。この時分の北行電車は空いている。相手は永島に気づいている様子はないが、念のため隣の車両に乗りこみ、横目で相手の動静を窺《うかが》った。〝山本〟は田端で降りて、山手線の内回りに乗った。こちらは通勤帰りのサラリーマンでけっこう込んでいたので、永島は相手から四、五人おいて吊革につかまった。

大塚駅で〝山本〟は下車して、五分ほど歩いたところにある小さなマンションに入っていった。一台きりのエレベーターに彼が乗ったのを待って、永島はマンションの中に入る。階数表示灯が3で停まるのを確認して、急いでエレベーターわきの非常階段を駆け上がった。ふだんの運動不足が祟《たた》って息が切れる。

永島が三階に着くのと、一番右奥のドアが閉まるのがほぼ同時だった。足音をひそめて、そのドアの前に立つ。３０３の数字の下に「城戸デザイン事務所」というステッカーが貼ってあった。

一瞬間違ったかと思ったが、〝山本〟はこの部屋に入ったにちがいなかった。

彼とこの部屋の関係はどうなっているのだろう。勤務先なのか。あるいは山本安雄がペンネームで城戸が本名なのか。いろいろな憶測が頭の中を駆けめぐった。

他の住人の目もあるので、いったんマンションを出て、外から三〇三号室を見上げた。室内には明かりが灯り、窓のそばのスタンドの光の下に見慣れた長髪が見えた。

一時間待った。しかし、男の頭は動かない。

奴は、今日はこのまま東十条にもどらないのかもしれない。

永島は今日のところはひとまず帰って、明日もう一度来てみることにした。

4

城戸明は原稿をなくした翌日、山本安雄のアパートを訪ねたが、やはり追い返されてしまった。山本に言われるまま帰ったが、怒る元気があるくらいだから、山本は自殺は考えていないなと、自分を無理に納得させた。

大塚のマンションにもどり、とりあえず自分の仕事だけは片づけることにした。原稿は二、三日待ってみよう。遺失物が出たら、駅からきっと電話連絡があるはずだ。もし、それで出てこなかったらという不吉な考えは努めて排除した。その時はその時になって考えればいい。

しかし、二日たっても三日たっても駅からの連絡はなかった。予想していたこととはいえ、やはり衝撃は隠せなかった。

山本にどう償おう。死という言葉が頭の中に何度も現れては消えた。

八月十六日。原稿をなくしてから三日後、締切まであと二週間に迫った日だった。城戸はもう一度だけ山本に会おうとした。ところが、電話をかけたものの、発信音がするだけで誰も出なかった。山本は在宅しているが、出ようとしないのかもしれなかった。

あきらめて受話器を置いた。

その途端、待っていたように電話が鳴ったので、城戸はびくっとした。山本からだろうか。きっと、そうだ。

「山本……」

ためらいがちに、受話器に向かった。すると、相手が驚くべきことを言ったのである。

「『幻の女』を知っていますかね？」

「『幻の女』……。どうして、それを。失礼ですが、どなたですか？」

「ほう、驚いたようですね」

低音で、かすかに含み笑いをしている。

「駅の方ですか。忘れものが見つかったんですね？」

城戸が勢いこんで言うと、男が低い声で笑った。

「ちょっと違うかな。私が電車の中で拾ったんですよ」

「そ、そうですか。ありがとうございます」

城戸は助かったと思った。やっぱり、原稿は拾われていたのだ。

「す、すぐ伺います。今、どちらですか？」

「ちょっと待った、そんなに慌てないでくださいよ」

「でも、原稿はそこにあるんでしょう？」

「そうだけど、あんた、ただとはいきませんよ」

「え？」

最初、相手の言っていることがわからなかった。「おっしゃる意味がわかりませんが」

「高いよと言っているんです、こっちは」

「…………」

「原稿を買い取ってもらいたいんですよ」

相手の意図がようやくわかった。城戸のそれまでの喜びは跡形もなく消えた。

「わかりました。お礼は差し上げますが、いくらで……」

一万や二万だったら、やむをえないと思ったが、相手はとんでもない額を提示した。

「百万」

「ひゃ、百万」

「そう、百万出してもらいましょうか。少なくとも賞金の額を考えれば、安いと思うんだが」

相手は賞金と言った。それは何を意味するのか。

「どうして、それを知っているんですか？」

「原稿をちゃんと読ませてもらった。あれだったら賞は取れると、こちらは踏んでいるんだがね」

「でも、結果が出てみないと、何とも言えないじゃないですか」

「百万は決して高いとは思いませんがね」

「そんな理不尽な。いやだと言ったらどうなるんですか？」

「原稿を破るだけです。こっちは、別に損をするわけじゃないんだから」

「でも、百万なんて大金は、すぐには用意できませんよ」

「じゃ、切りますよ。おれはどうでもかまわないんだ」

相手の声が急に威嚇《いかく》的になった。城戸は慌てて受話器に叫んだ。

「ま、待ってください。わかりました。何とかします」

相手に切られたら、おしまいだと思った。

「おう、話がわかるね。最初からそう言えばいいんだ」

「一日、いや二日待ってください。それまでに何とかします」

「わかった。約束は守ってくださいよ。もし、警察に言ったりすると……」

「絶対、約束します」

「よし、じゃあ、明後日、こちらから電話する」

「あ、あの……」

電話は一方的に切られた。

城戸はしばらく呆然としていた。相手の言っていることに嘘はないと直感した。あんな途方もない話、拾った人間でないかぎり、作ろうと思ってもできないからである。

城戸は、山本の友情を百万円で取り返せるなら、高くはないと思った。二日あれば、金策に走れるだろう。原稿が入手できたら、すぐに山本に連絡をしなければ……。

とにかく、手づまり状態を打開できて、少しだけほっとした。脅迫相手がなぜ城戸の電話番号を探しあてたかまでは、その時、考える余裕はなかった。

5

永島一郎は大塚のそのマンションを丸三日間、見張った。付近の住人に見とがめられないように、マンションのあるブロックを一周したり、通行人を装って建物の前を行ったり来たりした。しかし、目指す相手は一歩もマンションから外に出なかった。

八月十六日、事態が一歩も前進しないことに業《ごう》を煮やした永島は、「城戸デザイン事務所」に探りの電話を入れてみることにした。電話帳には事務所の電話はちゃんと記載されていた。住所も間違いない。

電話は即座に取られた。相手がためらいがちに「山本」と言った時、永島は自分の勘が正しかったことを知った。そして、『幻の女』の名前を持ち出した時の相手のうろたえぶり。原稿をなくして困りきっている様子が手に取るようにわかった。

その時、咄嗟《とつさ》に浮かんだ百万円の要求。永島は自分自身がこれほどのワルだとは思いもしなかった。口に出しながら苦笑いした。

最初、百万といって相手をひるませておいて、次に、いやなら破ってしまうという脅迫で完全に相手を術中に収める。あんまり簡単にことが運んだので、二百万円くらい提示すればよかったかな、と少し後悔した。

永島には、その百万円を受け取っても、原稿を返す気などさらさらなく、予定通り相手を自殺に見せかけて殺すつもりだった。

二日後、彼は城戸デザイン事務所に電話した。

「お金はそろったかね？」

丁重だが、相手に威圧感を与える声の響きを出す。はったりは生まれついての特技である。

「ええ、何とか」

と相手は答えた。

「警察には言ってないね？」

「もちろんです」

「それは、けっこうなことだ」

「あの、そちらの原稿は？」

「心配しなくてもいい。金を受け取ったら返すから」

「お金はどこで渡しますか？」

「こちらの指定する場所に持ってきてほしい」

「どこへ？」

「あとで連絡する」

「原稿は？」

「金額を確かめてから返す」

「でも、それじゃ、そちらが原稿を返してくれるという保証がないじゃないですか」

「こちらを信用してもらうしかない。いやなら、この話なかったことにしてもらう」

ちょっと強く脅しつけた。

「わ、わかりました」

相手は羊のように従順になった。

「三時か四時頃、こちらから電話するから、待っていてほしい。そこの事務所には、おたく以外に誰もいないね？」

「ええ、ぼくだけの事務所ですから」

「わかった」

永島は静かに受話器を置いた。

6

城戸明は少ない銀行預金と友人たちからの借金で、何とか百万円を都合した。

突然の百万円の出費は少し痛いが、今の城戸なら二、三ヵ月もあれば取り返せる金額だった。逆にこれだけの出費ですんだことを神に感謝した。山本との友情には代えられない。

帯封のついた百万円を大きめの封筒に入れた時、電話が鳴った。思わず緊張する。受話器を上げて、耳にあてると、あの低音の男の声が聞こえてきた。

話では、三時か四時頃、向こうから受け渡し場所を指定してくるという。ここはとりあえず相手の意向に従うしかない。いずれにしろ原稿は夜までに取り返せるのだから……。

この朗報を早く山本に知らせようと思った。しかし、電話をかけても、発信音が聞こえてくるだけだった。山本は居留守を使っているのかもしれなかった。

やむをえないので、城戸は山本に電報を打つことにした。これなら、山本はいやも応もなく受け取らなくてはならない。

『ゲンコウ　ミツカツタ　スグオイデコウ　キド』

今は午後二時だった。電報が山本に届いて、彼がこちらに来る頃には、原稿は取り返しているはずだ。そうすれば、今度こそ本当の前祝いができると思った。

城戸は気分がよくなったので、冷蔵庫からビールを取り出した。やり残した仕事を今のうちにやっておくのも悪くはないと、ビール片手にライトテーブルに向かった。

「百万円ですんで、ほんとによかった」

知らず知らず鼻唄が出てきた。

午後二時半、電話が鳴った。新しい客からのものだった。

午後三時半、再び電話が鳴る。受話器から聞き慣れた男の声がした。……

三　盗作の犯行〔山本安雄の手記〕

第20回月刊推理新人賞　締切迫る！

月刊推理新人賞の締切が、いよいよ八月末日に迫りました。推理界に新風を送る力作をお待ちします。……

主催／月刊推理社

八月十四日

なくしたものは大きかった。寝る間も惜しみ、ぼくの心血を注ぎこんで完成させた『幻の女』四百二十枚が、城戸明の不注意によって失われてしまったのだから。

その夜、ぼくは「月刊推理」の募集広告を開けては閉じ、開けては閉じの繰り返しをした。「締切迫る！」の文字が目に鋭く突き刺さる。

喉から嗚咽《おえつ》が漏れた。このまま死んでしまいたいとさえ思った。

しかし、一夜明けてみると、城戸に対してよりも自分に対して憤りを覚えるようになった。あのような大事なものを親友とはいえ、他人に預けてしまったことは、結局自分がいけないのだ。いくら字が汚くても、そのまま応募すればよかったのだ。それに、原稿のコピーをとっておかなかったことも悔やまれてならなかった。

一睡もせず、ぼんやりした頭で、今後どうすればいいのか考えた。締切まであと二週間だ。その間に四百二十枚を新たに書き下ろすことは物理的に不可能だ。「締切迫る！」の告知が恨めしく見える。

今日は朝から猛烈な暑さだった。ぼくはショートパンツとランニングシャツ姿で、机に頬杖をついて終日すごした。滝のように流れ落ちる汗なんか、ぼくの置かれた状況では気にもならない。

夕方、城戸が姿を現した。ぼくはもう城戸に対して怒りは感じていないのだが、たった一日で許してしまうのも、『幻の女』の手前、できることではない。ぼくにも意地があり、徹底的にだんまりを決めこんだ。城戸はぼくがショックのあまり自殺でもするのではないかと心配しているようだったが、残念ながら、ぼくはそんなやわではない。冗談ではない、未来の大器をむざむざ枯らしてなるものか。

城戸があんまりうるさく慰めようとするので、さすがに温厚なぼくも癇癪《かんしゃく》玉を破裂させた。

「ほっといてくれよ。おまえの顔なんか、二度と見たくない」

激しく罵《ののし》ると、城戸は「また来る」と言って引きあげていった。

もう外は暗くなっている。二階から見ていると、城戸の姿が街灯の光の下で一度浮かび上がった。すると、その後を別の男の影が追っていくではないか。あたりを窺いながら、こそこそ歩く男の様子が少し気にかかる。ぼくのアパートには四部屋あって、ぼく以外は学生だ。皆、夏休みで帰省していて、現在はぼくしかいないはずである。城戸の後を追った影は、確かにアパートから出ていったように見えたのだが。

尾行？　まさかね。

城戸を追いかけて、どうなるというのだ。

ばからしいとぼくは頭をふった。他人のことを気にする余裕は今はないはずだ。自分がこんな苦境に追いこまれているというのに。ばかものと自分を叱りつける。だが、城戸を怒鳴ったことで、気分がいくらかすっきりした。やっぱり今のぼくには、はけ口が必要だったのかもしれない。

八月十五日

〝事件〟から二日たつと、ぼくの気分も最悪の状態を脱して、建設的に物事を考える方向に変わってきた。いつまでもくよくよしていても事態は好転しないことがわかったのだ。

冷静になってもう一度考えると、三十一日まで今日を入れて正味十七日あった。この前は四百二十枚の原稿を書き上げるのに十四日かかった。今度はそれより三日多いことになるし、少なくとも『幻の女』のストーリー展開や構成は頭の中に詰まっている。何とか書き直せるのではないかと思い始めた。四百二十枚を単純に十七で割ると、約二十五枚になる。一日三十枚のノルマを課せば、ひょっとしてうまくいくのではないだろうか。

ぼくは、もともと楽観的にできているのだ。

そうと決まれば、一刻も早く原稿を書かなければならないと、近くの文房具屋に走り、原稿用紙を五百枚買ってきた。原稿書きの間中、アパートに籠城することになるので、合わせて食料品も仕入れておいた。

ところが、原稿用紙をいざ机の上に置いてみると、前回書き出す以前のあの苛立ちや焦燥感を思い出して、気分が滅入《めい》ってきた。しかし、ここでやめたら、ぼくの負けである。ぼくは手ぬぐいにマジックペンで「必勝」と書き、頭にハチマキをした。すると、不思議なことに腹が据わってきた。そう、この調子だ。

「月刊推理」に載った募集要項は、自分を励ます意味で机に開いておく。

一枚目。今度は一字一字ていねいに書くことにした。誰にも読めるきれいな原稿を心がける。

すべり出しは快調で、意外にスムーズに進んでいく。信じられないことに、夕方までに二十枚まで行った。この分なら今日は三十枚は大丈夫だ。ただ気がかりなのは、手に鈍い痛みを覚えることだった。前に四百二十枚を書いた時の疲れが残っているのだろう。

ぼくは手に負担をかけないように、ゆっくり字を書いていった。遅いが、着実な歩みだ。このやり方が功を奏す。書きながら考えをまとめることができるし、前は気づかなかった細かいミスを修正することもできたからだ。字もすごく読みやすくなった。

午後七時頃、電話が鳴った。どうせ城戸からに決まっている。ちょうど気分が乗っているところなので、電話を取って水を差すようなことはさせない。電話は八回鳴って切れた。

信じるべきは自分だ。ぼくは今度の経験から痛いほど知った。こうして自らの力で小説を完成させて、絶対賞を取ってやると、決意を新たにしたのである。

八月十八日
執筆のスピードは、その後も快調だった。十五日に三十枚書き、十六日に三十枚、十七日に四十枚、そして今日は朝六時の涼しいうちから始めて、お昼までには三十枚もこなしていた。合計百三十枚だ。この分でいくと、二十七日くらいには書き上げている計算になる。嬉しい誤算だった。
だが、油断は禁物だ。ぼくは右手に爆弾を抱えている。いつ手が使えなくなるかわからないのだ。時々感じる親指の付け根の鈍い痛み。くそ、負けてたまるか。
ぼくはこの日初めて昼寝をして休養をとった。急《せ》いては事をし損じるということだ。

午後二時頃、夢とうつつの狭間で電話が鳴るのを聞いた。疲れがたまっていたし、相手が城戸とわかっていたから、受話器に布団をかぶせておいた。城戸にはぼくの怒りが少しも解けていないと当分思わせておかなくてはならない。

ところが、快適な眠りは「山本さん」という大きな声に破られた。気がつくと、ぼくは机の上に突っ伏していた。真夏の強烈な光線がぼくの右腕にあたり、真赤に腫れあがっている。お、いけない。ぼくの黄金の腕が。慌てて引っこめる。

「山本安雄さん」

怒っているような男の声が再び階下から聞こえた。今頃、ぼくを呼ぶのは誰だろう。城戸の声でないことは確かである。

精一杯の不機嫌な顔を作って、階下に降りていくと、白い半袖シャツの男が玄関先に立って、ハンカチで汗を拭いていた。男はぼくを見ると訊ねた。

「山本安雄さんですか？」

「はい、そうですけど」

「電報です、はい、これ」

男はぼくの手に二つ折りにした紙を置くと、足早に帰っていった。

何だろう、こんな時に電報とは。まさか、おやじかおふくろが死んだって知らせじゃないだろうな。ぼくの胸は、不吉な予感におののいた。

そういえば、さっきの電話は……。

電報用紙をおそるおそる開いた。

『ゲンコウ　ミツカツタ　スグオイデコウ　キド』

文面はそうなっていた。ぼくは、

「原稿見つかった。すぐおいで乞う。城戸」

と声に出して読んだ。何だ、これは。理解するのに何秒もかかった。

嬉しさと悔しさの入り交じった複雑な気分。嬉しいのは、もちろん原稿が出てきたことだが、悔しいのは、今すでに原稿を百三十枚書いていたということだ。睡眠時間を極端に削り、手の痛みを心配しながら、せっかく書いたのに……、というのが正直な気持だった。

しかし、やがて嬉しさが勝った。ぼくは二階に上がると、早速、城戸に電話をかけることにした。もういいや、許してやれ。時計を見ると、四時を少しまわったところだった。

だが、城戸は電話に出なかった。ぼくは発信音が十回鳴るまで待って受話器を置いた。

くそ、勝手にしやがれ、せっかく電話したのに留守している。また、城戸に対する怒りが込み上げてくる。

よく考えてみれば、あいつが原稿をなくしたのだから、向こうからこっちに来るのが筋というものじゃないか。頭に来たので、電報を丸めて部屋の隅に放り投げた。

意地でも城戸のマンションには行くものか。そう思って書きかけの原稿を見ると、急に空しい気分に襲われ、創作意欲が減退した。

夜の六時、九時、そして十一時、城戸のマンションに電話をした。しかし、ついに相手の受話器は取り上げられなかった。

八月二十日

電報のあった翌日の十九日は、まったく仕事にならなかった。ぼくは朝から城戸に電話をかけつづけたが、全然出ないのだ。結局、その日は一日無駄にしてしまった。

本気で怒ったぼくは、城戸が電報をよこしたのに対抗して、こちらから電報を送ってやった。

『イサイショウチ　ゲンコウモッテクルベシ　ヤマモト』

（委細承知、原稿持ってくるべし。山本）

という文面にした。だが、それでも梨のつぶてで、城戸からは依然として連絡はなかった。

勝手にしろと思った。こっちからは、意地でも絶対行ってやるものか。自分の原稿は自分の手で仕上げてやるという気持になった。

そんなわけで、今日はまた机に向かい始めている。城戸に対する怒りが腕に乗り移り、執筆のスピードを速めた。一日で六十枚までいったのには、さすがのぼくもびっくりする。昨日の遅れを一気に取りもどした計算になる。

ここまで来たら、手が痛くなってもかまわない。あと数日我慢すれば、栄光のゴールが待っているのだから。

八月二十六日

昨日までで、『幻の女』は三百八十一枚になった。あと四十枚だ。残りは今日一日で軽くクリアできる枚数だった。親指がずきずきと痛むようになったが、鉛筆を握れないほどではない。何とか頑張れるだろう。丁寧に書いたので、字は非常に読みやすい。

もし賞を取ったら、城戸が持っているようなワープロを購入しよう。原稿で飯を食うなら、量産態勢でいかないとだめだ。ぼくの頭の中には、すでに授賞式の晴れ舞台が描かれており、考えただけでも興奮した。

午後四時頃、原稿がとうとう完成した。枚数は四百二十五枚、考えながら書いた分、枚数が延びたのだ。

「万歳！」

思わず叫ぶと、たまたま裏庭にでてきた大家のおばあさんに見られてしまった。ぼくのことを変人だと思っているだろうが、もう気にならなかった。『幻の女』が受賞して本になって、おばあさんに一冊プレゼントしたら、きっと目を白黒させることだろう。

その時のことを想像して吹き出してしまった。

書き上げた原稿をまとめ、応募の規定通りに三つに分け、右肩を紐で綴じた。それを大きな封筒に突っこみ、「月刊推理新人賞係」と宛名を書く。ついにやったねという気分だった。

この前の苦い経験から、綴じる前に文房具屋で原稿のコピーを取っておいた。一枚十円でしめて四千二百五十円也。少し痛い出費だが、原稿がなくなることを思えば安いものだ。それに賞金がもらえれば、取り返せるではないか。

ところが、いざ書留の小包にしようと郵便局に持っていくと、すでに閉まっていたのである。迂闊《うかつ》だった。曜日の感覚がなくなって、うっかりしていたが、今日は土曜日だったのだ。明日は日曜なので、発送は月曜以降になってしまう。

しかし、それでも時間はまだ充分ある。ぼくは苦笑しながら封筒をいったんアパートに持って帰り、本箱の上に置いた。いや、それでは危ないと思い直し、生原稿だけ天井裏に押しこんだ。

大きな仕事を終えてしまうと、心の中にぽっかりと空洞ができたような気がした。久しぶりに飲みにいこうと思って、アパートを出る時、ふと城戸のことが気になった。城戸に対しては、あれから何度も電話していたが、相変わらず応答がないのだ。今となっては、ぼくとしても彼を恨んでいないので、脱稿の報告がてら、彼のマンションに行ってみることにした。

城戸のマンションに着いたのは、七時を少しすぎた頃だった。道路から彼の部屋を見上げると、電気は灯っていない。留守かもしれないが、一応、部屋まで行ってみることにした。

三〇三号室の前でチャイムを押す。中でピンポンと鳴っているのが外まで聞こえた。三回押したが、ドアは閉まったままだった。新聞受けに突っこまれた新聞の束は、少なくとも五、六日分ある。やはり留守なのだ。ぼくはそのまま帰りかけたが、念のためにドアのノブをまわしてみた。

「あれ？」

意外なことに、抵抗なくノブはまわったのである。ぼくはドアを開いた。そういえば、この前来た時も鍵は掛かっていなかった。

中は暗く、物音一つ聞こえなかった。後ろ手にドアを閉めて、電気のスイッチを押すと、部屋の中が急に明るくなる。かすかに何かが腐ったような臭いがした。

冷房は効いているが、城戸の姿はなかった。ライトテーブルの上に空のビール瓶が一本。グラスは水気がなく、飲みかすが乾燥して付着していた。ソファーの上にきちんと折りたたまれた衣類がある。ぼくも見たことのある色褪《いろあ》せた青いジーンズとTシャツ。下着も積み重ねて置かれていた。

その時、しんと静まり返った部屋の中で、突然機械音がした。どきっとしてふり向くと、それは冷蔵庫だった。開けてみる。瓶ビールが二本と、食パンとマーガリンだけ。男一人住まいのわびしさがある。だが、入った時に嗅《か》いだかすかな腐臭はここからしたのではなかった。

バスルーム。まだ見ていないのは、バスルームだけだった。

城戸は案外風呂に入っていたりなんて……。ぼくは無理にそう思おうとしたが、それを否定する別の自分の声がした。何か悪い予感がする。

おそるおそるバスルームのドアを引いた。

その途端、凄まじい腐臭が押し寄せた。口と鼻を慌てて押さえたが、その臭《にお》いは容赦なくぼくの鼻孔に侵入してきた。息を止めてスイッチを探る。手が震えて、うまくスイッチが押せなかった。

ようやく探りあてたスイッチがパチッと音をたてた。そして、いきなり煌々とした明かりに照らし出された無気味な光景を、ぼくは一生忘れないだろう。

城戸は死んでいた。水をいっぱい湛《たた》えた浴槽の中に、顔から足までが沈んでいる。水面は微動だにしない。わずかに膝から先が狭い浴槽に入りきれなくて、外に飛び出している。

灰色のあぶくができた白濁した水の中で、城戸は目を開いてぼくのほうを見ていた。いや、そう見えるだけだった。顔がぱんぱんに膨らんでいる。ぼくは息がつづかなくなり、軽く空気を吸いこんだ。凄まじい吐き気が胃の腑の底から突き上げてきた。たまらずバスルームを飛び出し、流しに激しく吐いた。一時間前に食べたインスタント・ラーメンの麵が消化されないままあふれ、流しに散乱する。

涙が込み上げてきた。悲しみのそれではない。胃液の強烈な酸に刺激された涙だ。城戸の死を悲しむには、その時のぼくは気が動転しすぎていた。

混乱する頭の中で、ぼくは考えた。城戸は自殺したのかと。そうだ、そうに決まっている。原稿をなくしたことを悔やんで責任を取ったにちがいない。

ぼくは部屋の中をもう一度見まわして、原稿があるかどうか確かめた。しかし、どこにもなかった。やはり、城戸は原稿が見つかったと嘘の電報をよこしたのだ。

なぜ？ ぼくを呼んで自分の死を看取ってもらいたかったのか。

ぼくは彼の気持を汲んでやることもせず、無情にも突っぱねてしまった。激しい後悔の念に襲われる。

城戸が自殺したとして、発見者のぼくは一体どう対処したらいいのだろうと、ふと思った。やはり警察に連絡すべきだろうか。

結局、警察に知らせることに決めて城戸の部屋を出た。少し強く開けたのかもしれない。ドアに何かがぶつかった。やがて、火のついたような子供の泣き声がした。

部屋の外に五歳くらいの子供が、膝小僧をかかえて泣いていた。すると、向かいの部屋のドアが開いて、子供の母親が出てきた。ぼくと視線が合うと、女はおやっというような顔をした。それから、子供に目を移した。

「あらあら、だめじゃないの、ひろちゃん」

女は子供に駆け寄った。後で考えても、この時、ぼくは何を考えていたのかわからない。ほとんど衝動的に駆け出していたのだ。女に見られたことをやばいと思ったのかどうか、自分でもよくわからない。駆けながら、城戸の部屋のドアを開けっ放しにしてきたことを、ぼんやりと意識していた。

非常階段にさしかかると、

「何よ、この臭《にお》い」

女のとがめるような声が聞こえた。ぼくは階段を必死に駆け下りる。一階に達した時、階段の上のほうから女のけたたましい悲鳴が聞こえてきた。別に罪を犯したわけでもないのに、ぼくは逃げた。愚かなことに、警察に通報するタイミングを自ら失ってしまったのだ。

大塚の駅前でようやくスピードを落とし、山手線のガード下にたまたま停車中の三ノ輪橋行きの都電に飛び乗った。激しくあえぎながら空いていた後方の座席に腰を下ろすと、嗚咽《おえつ》が込み上げてきた。向かいの席に座った中年の女が、じろじろとぼくの顔を見た。ぼくは顔をそむけて車窓に目をやった。

王子駅で降りて、ぼくはアパートまで歩いて帰り、電気を消した二階から路地のあたりをいつまでも見ていた。

八月二十七日

二十六日午後八時ごろ、豊島区南大塚一丁目、「ジュエル・マンション」の三階三〇三号室で、「男が死んでいる」と、一一〇番通報があった。巣鴨署員が現場に駆けつけると、浴室で同室に住むデザイナー、城戸明さん（三三）が浴槽の水の中に体を沈めて死んでいた。調べによると、城戸さんは死後一週間から十日たっており、死因は溺死《できし》。同署によると、他殺の疑いもあるとして現在解剖を急いでいる。なお死体発見の直前に現場から若い男が逃走するのが目撃されており、同署ではこの男が事件に何らかの関係があるものとみて行方を追っている。男は年齢二十五から三十歳くらいで身長は一六五㌢くらい、丸顔で色が黒く、白い半袖シャツと薄茶色のズボンを身につけて……

昨夜は、城戸の死に顔が頭から一時も離れず、まんじりともしなかった。かけがえのない友人を失ってしまったという後悔の念に責めさいなまれた。なぜぼくは城戸から電報があった時、即座に行ってやらなかったのか。たとえそれが嘘だったとしても、城戸に会ってやればよかったのだ。

夜が明けるのを待ちかねて、駅まで出かけ、新聞を数紙買ってきた。どれも似たような内容だった。あの女が通報したにちがいないが、ぼくの身なりを実に的確に表現したものだ。ぼくはいつも同じ格好で歩いているから、ここしばらくは街を歩けそうもない。ほとぼりがさめるまで、アパートにじっとしているのが無難だろう。

警察は果たしてぼくのところまでたどりつけるだろうか。ぼく自身、現場から逃げ出したこと以外は別にやましいところはないのだが、城戸の自殺に関わっているとされたら、故郷の両親や城戸の両親に会わせる顔がない。城戸の葬式には参列したいが、たぶん警察が張っているので、出ないつもりだ。もし参考人として連行されるようなことがあったら、ぼくの作家としての経歴にキズがつくというものである。

城戸にはすまないが、ぼくは彼のマンションの方角に向かって瞑目し、合掌することで彼の供養に代えた。

今日は日曜日だったので、夕刊が休みだった。ラジオ以外に情報収集の方法がなく、そのラジオのニュースも事件についてはまったく触れなかった。

いらいらばかりが、時間の経過とともに募《つの》る。

明るい間は、部屋の中でずっとごろりと横になっていた。夏も終わりに近づいて、暑さがしのぎやすくなっている。それだけが助かる。

セミの声もいつの間にかツクツクホウシのそれに変わっていた。

八月二十八日

朝刊を待ちきれない思いで開く。しかし、城戸の件に関しては一行も触れられていなかった。一体どうなっているのだろう。自殺として処理されたということなのか、皆目、見当がつかない。

ぼくは机の前に座り、絶望的な気分で頭を抱えこんでいた。

「おや」と思ったのは、顔を上げた時、塀の向こうの道路から、ぼくの部屋のほうを窺っている人影に気づいたからだ。夏なのに、ネクタイを締めた二人の男が、地図と表札を照らし合わせながら、しきりにうなずいていた。サラリーマンともセールスマンとも見えない、がっしりした体格の男たちだった。

警察の人間だ！　すぐにぴんときた。でも、どうしてこんなに早くわかったのだろう。

やがてゴマ塩頭の年配の男と角刈りの若い男が小路に入ってきた。二人の鋭い視線が二階に向き、ぼくの視線と合う。ぼくは慌てて首を引っこめた。額に脂汗《あぶらあせ》が浮いているのがわかった。

「山本さん」

果たして一階から野太い声がした、ぼくがそのままだんまりを決めこんでいると、別の声がした。

「山本安雄さん、そこにいますね」

たぶん若い男のほうだ。声には有無を言わさぬ響きがあった。たちまち、ぼくは操り人形のように体を起こす。大体、ぼくは権力というものにめっぽう弱いのだ。こわごわ一階を見下ろすと、ゴマ塩頭が目顔で降りてくるように合図した。

「山本安雄さんですな」

「はい、そうですが」

「巣鴨署の者です。今、ちょっとお話を伺いたいのですが、いいですね」

「何の用ですか？」

警察手帳の提示を求めると、ゴマ塩頭はしょうがないなという顔で、黒っぽい表紙の手帳を差し出した。荒井という名前が見えた。

「ここに座らせてもらいます」

荒井はそう言うと、ぼくの返事を待たずに板の間に座った。刑事らしき若い男は、ぼくが逃げないように入口をガードする。

「城戸明さんをご存知ですな？」

荒井が切り出した。

「ええ、知ってます」

「どういう関係ですか？」

「高校のクラスメイトでした」

「ほう、過去形を使っている」

荒井は面白そうにぼくの顔を見上げた。

「い、いや、別にそんなつもりで言ったんじゃないんです」

ぼくは少しうろたえる。「あの、城戸がどうかしたんですか？」

「ほう、知らないんですか。知っているはずなんですがねえ。新聞にも出ていたし

……」

「おっしゃる意味が？」

「今さら、とぼけんでもよろしい。あなたは現場で目撃されているんですからな」

「…………」

どうしてこんなに早くわかってしまったのだろう。

「何なら、城戸さんの向かいの部屋の人に、あなたの顔を見てもらってもいい」

ぼくは観念した。しらを切ってもかえって疑われるだけだ。

「わかりました。本当のことを言います。おととい、ぼくは城戸のマンションを訪ねて彼の死体を発見したんです」

「どんな用件で行ったんですかな？」

「それは……」

原稿のことを言うべきかどうか考えた。

「原稿のことじゃないのかな」

ぼくは機先を制され、どぎまぎする。荒井はぼくの顔を見て口許を歪めた。だが、その目は笑っていない。

「原稿って、何のことですか？」

ぼくは惚《とぼ》けようとした。

「しらばっくれるな」

今度は若いほうが怒鳴った。ぼくはなすすべもなく、おろおろするばかりだった。

「ど、どうして、それがわかったんですか？」

「電報だよ。あなたから城戸さんあての電報が新聞入れに入っていた。それでこうして我々はここに来ているんだがね」

あ、そうか、道理でと思ったが、もう後の祭りだ。

「どうですか、ここではなんだから、署へ来てゆっくり話してみませんかな」

荒井はぼくのことを臭いとにらんでいるらしい。だが、疑いはこの際、すっかり晴らしておいたほうがいいのかもしれないと、ぼくは立ち上がった。いや、荒井の居丈《いたけ》高《だか》な声に、ぼくの体が自然に動いたと言うべきか。

戸締りをして外に出た時、急に気がついた。

「あのう、警部さん」

「警部補だ」

「城戸のことなんですが、あいつ自殺したんですよね」

「ほほう、自殺をね」

荒井警部補がばかにしたようにぼくを見る。

「じゃ、殺人ですか？」

「だから、そのことでおたくの話を聞くんじゃないか」

そうだ、自殺で何も同行を求められないよな。推理小説を書いているのに、自分の無知さ加減に呆れる。

ということは、ぼくは城戸殺しの重要な容疑者として署に向かうのではないか。

そんな、冗談じゃないよ。

泣きたくなった。警察というものは、権利を強く主張する人間には弱いが、ぼくのような気の弱い者には高圧的になるのだ。

ぼくはなすすべもなく巣鴨署に向かった。

ところが、署に着いてから、もっと大変なことに気づいた。それに比べたら、殺人犯になることなど屁《へ》のようなものだ。

そう、ぼくはまだ『幻の女』の原稿を発送していなかったのだった。ああ、ばかもの。原稿は盗まれないように天井裏に隠したままになっているし、コピーは本箱の上に置いてあるのだ。締切は八月三十一日、あと三日である。このまま疑いが晴れずに警察に留め置かれたら、どうなるのだ。指先に引っかかった賞が逃げてしまうじゃないか。

取調室でのぼくの泣きそうな顔を見て、荒井警部補は椅子にゆったり寛《くつろ》いで煙草をくゆらせている。彼はぼくが白状するものだと思ったらしい。興味深そうにぼくの顔を観察していた。

締切まであと三日。

煙草のけむりで空気の濁った狭い部屋で、ぼくは自作の『幻の女』ではなく、ウイリアム・アイリッシュの『幻の女』の作中の、罠に落ちた主人公を思い出していた。そのイメージが、ぼくの現在の境遇に重なり合う。

悲劇の主人公、山本安雄！

これじゃ、まるでタイムリミット・テーマのサスペンス小説じゃないか。現実にこんなことが起こるなんて信じられない。

冗談じゃないよ。原稿が間に合わなかったら、それこそ死んでも死にきれない！

四　盗作の倒錯

1

うまいこと、〝山本安雄〟をやっつけた。

永島一郎は思いのほか簡単に仕事ができたので、かえって拍子抜けした。最初、人を殺すことに、若干のためらいはあったが、いざ実行に移すと、ぞくっとする快感が全身を駆け抜けた。罪悪感の最後のひとかけらも、相手が呼吸を停めた瞬間に消え失せていた。

八月十八日、永島は原稿の受け渡し場所の指示を三時か四時に電話ですると言った。そうしておいて、彼は相手のマンションに直接乗りこむことにした。人を自殺か事故に見せかけて殺すにはいろいろなやり方があろうが、やはり本人の家でやるのが一番いい。相手は永島からの電話が鳴るのを今か今かと待ちかまえている。まさか永島自身が直接やってくるとは思っていないだろう。その隙を巧みに突く戦法だった。

永島はとびっきりの殺し方を思いついていた。ヒントは『幻の女』の中にあった。女を浴槽に沈めるというものである。ただ、相手は男で体が大きいので、小説のようにうまくはいかないだろうが、不意をついて昏倒させた上で浴槽に沈めれば、うまくいくのではないかと思った。

永島は二時半に「城戸デザイン事務所」に電話を入れた。間髪をいれず受話器が取られた。彼は声色を変えて、早速用件を言った。

「あのう、仕事をお願いしたいんですが」

相手は明らかに戸惑っていた。

「どんなご用件でしょう」

「パンフレットのデザインなんですが、引き受けていただけますか？」

「お話の内容にもよりますが……」

「直接、そちらに伺って、打ち合わせしたいんですが」

「えー」

と相手の側にためらいが一瞬あった。「それはいいんですが、今、ちょっとはずせない用事がありまして……」

少し迷惑そうな口ぶりに変わってきたので、永島はちょっと一押しすることにした。

「時間はかかりません。十分か十五分で何とか説明できると思います」

「でも、今……」

「私、近くに来てますから、すぐに行きますよ」

「あのう、今ですね」

永島はこの辺が潮時だと思った。相手に最後まで言わせず、電話を唐突に切った。相手の困惑しきっている顔が浮かぶ。これで第一段階は終了だった。

三時半、永島はそのマンションの一階入口のドアを開け、小さなロビーにある赤電話を取った。発信音が一回鳴り終わらないうちに相手が出る。

「はい、城戸デザイン事務所です」

「フフ、おれだけど」

はっと息を呑む音。すぐにわかったらしい。永島はすかさず用件を切り出した。

「原稿の受け渡し場所なんだけどね」

「は、はい。言ってください」

「このまま切らずに、二、三分待ってくれないか」

「え、それ、どういうことですか」

「よけいなことは聞くんじゃないよ。そっちはこっちの言うことを聞いていればいいんだ。原稿は欲しいんだろ？」

「わかりました」

相手のうろたえた声に満足して、永島は受話器を切らずにおいて、急いで一階に停止中のエレベーターに飛び乗った。三階で降りると、三〇三号室まで走ってチャイムを押した。

部屋の中でガタンという音がする。〝山本〟が出てくるまでに、しばらく時間がかかった。チェーンのはずされる音がして、彼の顔がのぞいた。不審げな顔。憔悴《しょうすい》して、目の周りに隈《くま》ができていた。

「どちら様ですか？」

永島は笑みを浮かべて答えた。

「さっき、パンフレットの件でお電話した者ですが」

「ああ、あの方ですか」

〝山本〟は「脅迫者」からの電話が気になっているらしかった。しきりに不安そうに後ろをふり返る。

しかし、最後はあきらめて永島を部屋の中に招じ入れてくれた。

「今、ちょっと取りこんでいましてね、そこに掛けて待っていてもらえますか」

「お気遣いなく。私のほうこそ、強引に押しかけてきちゃって申し訳ないです」

「じゃあ、ぼく、電話に出ますので、ごめんなさい」

〝山本〟はそう言うと、電話に飛んでいって、受話器を耳にあてた。何も聞こえるはずがないのは、永島が一番よく知っている。〝山本〟は受話器から何も聞こえないので、少し安心して、永島をふり返り、目でソファーに座るよう合図した。

「いや、すみませんねえ。私におかまいなく。私はここで待っていますから」

永島は相手を安心させるため、ソファーにどっかと腰を下ろした。一階の赤電話に十円玉を三個入れておいたので、当分は切れるはずがない。永島は笑いをこらえるのに苦労した。

〝山本〟は軽く永島にうなずいて、再び電話に向かい、出るはずのない「脅迫者」の声を待っている。緊張のせいか、受話器を持つ手がかすかに震えていた。

今だと永島は思った。ソファーベッドの枕許にあった頑丈そうな目覚まし時計をつかむと、素早い身のこなしで相手の背後に迫り、その後頭部を思いきり殴った。

ぎゅっという音がして、大きな体が椅子ごと後ろに倒れた。〝山本〟はカーペットを敷いた床にもう一度頭を打ちつけると、そのまま動かなくなった。本人は何が起こったか、気づく暇もなかったようだった。意外にあっけなかったことに、永島自身、かえって驚く。

永島は急いでバスルームのドアを開け、浴槽に水を満たした。それから〝山本〟の着衣を剝《は》ぎ始める。ぐったりとしているので、少し手間取ったが、何とか全裸にさせた。その間、〝山本〟は唸り声一つ上げなかった。永島はその両腕の付け根を持ち、後ろ向きに引きずって浴槽まで運んだ。そして、頭から水の中に突っこんだ。

冷たい水にようやく意識を取り戻した〝山本〟が水の中で暴れ出した。目をかっと見開き、永島を見た。その瞬間、〝山本〟はすべてを理解したようだった、永島の仕掛けたトリックを。

しかし、遅きに失した。その右足が永島の胸を強く蹴ったが、永島は必死にこらえ、その両足を押さえつける。狭い浴槽の中では、いくら屈強の男でも力は出しきれない。〝山本〟の口と鼻からあぶくが勢いよく飛び出したが、後頭部の攻撃がきいているためか、力が次第に弱まり、ついに身動き一つしなくなった。

永島はなおも念を入れて足を抱えていたが、〝山本〟が死んだのを確認すると、ようやく手を離した。水の中に入りきらない足が浴槽の縁からはみ出している。水の中では長い髪が海草のように揺らめいていた。

永島はほっと溜息をついた。蹴られた胸がその時になって痛み出した。

彼は受話器を元にもどし、部屋の中で自分が触れたと思われるところをハンカチで丁寧に拭った。これで、奴はたぶん浴槽で誤って滑り、頭をぶつけ、気を失ったところで溺死したと見られるだろう。

永島はライトテーブルの上の百万円の入った封筒を胸ポケットに乱暴に突っこむと、その部屋を後にした。

2

新宿へ向かう山手線の車内で、永島は吊革につかまりながら車窓に映る自分の顔を満足げに見た。ただ後悔しているとすれば、それは奪った百万円である。殺人の代償としては、少し額が少なかった。もう少し値をつり上げておけばよかったとも思っている。奴の仕事場の様子を見れば、奴にとっての百万円がいかに少額でたやすく集められる額であるかがわかる。印税のことを考えれば、二百万、いや三百万円を要求してもよかったと悔やむことしきりだった。

永島は百万円の入った胸ポケットの上に手をあてた。薄い、実に薄い。重量感なんて、ありゃしない。まとまった金として、百万円なんて、めったに手にしたことはないが、それにしても折りたたんだ書類が入っている程度の感触だとは……。

しかし、新宿のきらびやかなネオンと街の賑わいが車窓に見えた時、しけた考えはどこかへ消え去ってしまった。百万円は当座の生活資金としては貴重である。入賞賞金の一千万円と印税が懐に入るまでのつなぎとして、五、六ヵ月間は一人なら充分暮らせる。

今日はその景気づけに新宿に来たのだから、ぱあっと派手にいきたかった。若い女の子でも引っかけて遊ぶのもいいかもしれない。百万円はその資金としては充分すぎるし、彼に大いに自信を与えてくれた。

歌舞伎町で酒を飲み、風俗営業の店を何軒かまわっているうちに、永島の下半身の欲求が耐えられないくらいに高まってきた。離婚して以来、彼はまともにセックスをしていなかった。時々、ソープランドに行く程度だったが、それでは満足できなかった。今夜、彼は職業女ではなく、素人《しろうと》の女性が欲しかった。

ゲームセンターで、十八、九の女の子が一人でゲームに夢中になっていた。何人もの男が彼女のそばに来て誘ってみるが、彼女はうるさそうに首をふる。男たちは相手にされないとみると、別の獲物を求めて去っていった。

　永島は、その様子を先ほどから彼女の斜め後ろの台に座って観察していた。彼の台は、まともにやる気がないので、百円玉が入れられてはすぐ爆発音がして、ゲームセットになってしまう。もう百円玉を十個近く投資していた。

　長いことかかって彼女のゲームが終わった。彼女は店内をぐるっと見まわした。別に誰を探すふうでもない。その視線がやがて永島のそれとぶつかった。

　悪くはない。決して美人ではないが、男好きのするぽっちゃりしたタイプだった。

　彼はにっこり笑いかけると、彼女の隣の席にかけた。

「君、学生？」

　彼女は永島を無視して、立ち上がろうとした。彼は、すかさず彼女の手を引っぱる。

「何すんのよ、放して。痛いじゃない」

　彼女は彼の手をふり切ろうとした。彼女の顔が苦痛で歪《ゆが》んだ。

「まあ、落ち着きなよ」

「うるさいわね。ほんとに放してよ」

「いいじゃないか、おれと遊ばないか」

「冗談やめてよ。人を呼ぶわよ」

「ほら、可愛い顔が台なしだ」

永島は薄暗い照明の店内を見まわした。ゲームの機械は数十台あるが、夜十時で歌舞伎町としてはまだ時間が早いとあって、七、八人がいるだけだった。皆、夢中になってゲームに興じていた。

「呼んでみたら……」

永島は言った。ゲームのコンピュータ音がやかましくて話声はなかなか通らない。彼はそのあたりを充分見越している。

「どうせ家出でもしてるんだろ。こんなところにいると、悪い男に引っかかるから危ないぞ」

「大きなお世話よ。悪い男って、あんたのことじゃない」

彼女がヒステリックに笑う。

「きびしいことを言うなあ」

「ふん」

彼女は首から提げたポシェットから煙草を取り出した。彼女が火をつける前に、永島がライターを差し出す。

「どうだい、もうける気ないかい。お金、欲しいだろ？」

永島が言うと、彼女がばかにしたように、彼に煙草の煙を吹きかけた。彼はポケットから大ざっぱに五枚くらいの札を出して、彼女の前にちらつかせた。

「安く見られたものね。あたし、その辺の風俗女とは違うんだから」

「でも、気が向いたら男と寝るんだろ？」

「ばかにしないでよ」

永島は今ではこの女が欲しくてたまらなくなっていた。人を殺した後の反動があるのだろう。興奮状態がいよいよ昂じてきた。女を抱かないと、もう収まりがつきそうもなかった。

「じゃ、これでどうだい？」

彼は両手を開いて、彼女の前にかざした。彼女はうなずきもしない代わりに首を横にもふらなかった。彼はそれを肯定の印と受け取った。

「ついて来いよ」

彼は歌舞伎町の裏手のラブホテルの一軒に入った。彼女は黙ってついて来た。

彼女はミキと名乗り、十八だと言った。都内の高校を中退して男と同棲していたが、つい昨日別れたばかりだという。男性経験は多いようだった。

　永島は夢中になって若い女の体を貪《むさぼ》った。こんな楽しい思いをしたのは何年ぶりだろうか。金さえあれば、何でもできると思った。

「おじさん、何やってるの？」

　ミキはベッドに腹ばいになりながら、そばで荒い息を吐いている永島に訊ねた。

「おい、おじさんはひどいぜ。これでもまだ三十二なんだから」

「三十すぎたら、みんなおじさんだよ」

「ちぇっ」

「ねえねえ、おじさんの職業あててみようか？」

「わかるもんか」

「いや、何となくわかるな。失業中のセールスマン、違う？」

　くそ、よく見てやがる、と彼は思う。しかし、そう口には出さなかった。

「全然違うな。見当はずれもいいところだ」

「嘘でしょ」

「失業中とは鋭いところを突いているけど、やっぱり違うな」

「じゃ、何なの。もったいぶらずに言って」

「ふふふ、作家だよ」

永島はそう言ってから笑い出した。賞をとれば、まあ似たようなものではないか。

「冗談ばかり言って」

「どうして、冗談だと思うんだ？」

「だって、おじさん、あまり知性があるようには見えないし、このごつごつした手は、とても作家の手とは言えないもの」

「じゃ、どういうのが作家の手なんだ」

「イメージとして、もっと青白くて華奢《きゃしゃ》で、何と言うかな、手の甲に血管が浮いているのね」

「そんなもんかな。実を言うとね、おれ、これから懸賞小説に応募するんだ。ま、未来の作家なんだから、まんざら嘘を言ってるわけじゃないだろう？」

「何の賞？」

「月刊推理新人賞さ」

永島は、どうせ一夜だけの相手だから、何を言ってもかまわないだろうと思った。

「そんなに簡単に取れるわけないじゃないの」

「いや、絶対確実さ」

「どんなタイトル？」

「『幻の女』さ、いいだろ」

ミキは、ぷっと吹き出した。

「どこかで聞いたようなタイトルねえ。それに気障《きざ》な感じ」

「そうかなあ、おれは気に入っている」

「ひどいもんだわ。ペンネームは？」

「まだ、決めてない」

「締切はいつなの？」

「今月の末だ」

「じゃあ、早く決めないと間に合わなくなるよ。何なら、あたしが付けてやろうか？」

ミキは永島の胸にしなだれかかってきて、彼の密集した胸毛をもてあそんだ。

「言ってみろよ。よかったら採用してやってもいいぜ」

永島はまだペンネームを決めていなかったが、参考に聞いておいてもいいと思った。

「五木寛之とか村上春樹みたいな、カッコいいのがいいな。あたし、少しは本読んでるからわかるんだ」

彼女は手あたり次第に名前を言ったが、皆、聞いたことのあるようなものばかりだった。ただ、その中に一つだけ妙に印象に残る名前があった。出来すぎの感はあるが、響きが美しく、リズム感のある名前だった。

白鳥翔。

「しらとり　しょう？　どんな字を書くんだい」

「空を飛ぶ白鳥に、羊と羽の翔ね」

「おれ、それが気に入った。それを使うことにするよ」

すると、彼女が首を左右にふった。

「やめといたほうがいいと思うよ。ちょっと気障《きざ》だよ。『幻の女』と『白鳥翔』じゃ、何か出来すぎって感じがするもの。それにその名前……」

「いいよ、決めた。覚えやすいほうが売れるぜ、たぶん」

永島はペンネームを「白鳥翔」に決めた。まさか、「山本安雄」で応募するわけにもいくまいと思った。

「よし、もう一回戦」

彼は気分をよくしてミキを仰向けにした。

「何よ、これ？」

彼女が彼の胸に触れた。

「いてぇ、何するんだ」

彼が胸を見ると、〝山本〟に蹴られたところが青黒い痣《あざ》になっていた。その痛みが、彼に数時間前の犯行を思い起こさせた。

3

翌朝、永島は新聞を開いた。事件のことはどこにも出ていなかった。

あのマンションは鍵が掛かっていないから、奴の死体は早晩見つかるはずだった。警察が死体を見てどのように判断するか、興味があった。仮りに他殺とされても、〝山本〟と永島を結ぶ線は存在しない。いずれにしろ、事件は迷宮入りになるだろう。

永島は昨日の行為に良心の呵責《かしやく》を感じなかった。殺人を犯した後の興奮に酔いしれた。全身に熱い血がたぎった。すでに彼は正気の堰《せき》を破り、狂気の道に踏みこんでいたのである。

自宅のキッチンのテーブルの上に『幻の女』のワープロ原稿が置いてあった。対抗者がいなくなった今、それは金を産む鶏に見えた。

永島は早速、新たに用意したA4サイズの紙に、自分の住所、氏名、生年月日、略歴、職業を明記した。

そして、ペンネームに「白鳥翔」と記した時の心のときめき。白鳥翔は名実ともに『幻の女』のただ一人の作者になったのである。賞金の一千万円に、印税が少なく見積もっても五百万から一千万円。近い将来に訪れるであろう栄光の日々を思い、彼の頬がゆるんだ。

原稿を封筒に入れて宛名を書いた時、発送はしばらく見送ることにした。死体が発見されてからの状況を見てからでも遅くはないと判断したからである。

締切までには、まだ十日以上あった。

事件の第一報が載《の》ったのは、凶行から九日後、八月二十七日の朝刊だった。永島は「マンションで男の変死体発見」という小さな見出しを社会面に見つけて胸が高鳴った。ところが、読み進めていくうちに顔から血の気が引いていった。

「嘘だ。そんなばかなことが……」

手の甲が白くなるほど新聞を握りしめた。

文面では、確かに「南大塚一丁目、ジュエル・マンションの三階三〇三号室」が現場になっている。しかし、被害者の名前は山本安雄ではなく、城戸明となっていた。

永島が殺したのは、絶対、山本安雄のはずである。その証拠に奴は原稿と引き換えに百万円をそろえていたではないか。どこかで歯車が狂っていた。

それに、永島の心に引っかかったのは、死体発見の日、現場から逃走した男の様子だった。

「身長一六五センチくらいの小柄で、丸顔で色が黒い……」

と記事にはあった。

その男をどこかで目にした記憶がある。それもきわめて最近の話だ。

そう考えた瞬間、はっとなった。

「そうか、あいつだ、あいつにちがいない」

東十条のボロアパートの二階で頬杖をついていた男。そいつが本物の山本安雄だったのだ。そして、彼は自分が山本安雄と誤って城戸明を殺したことにようやく気づいた。

『幻の女』の原稿の住所に「北区東十条」とあったのは、間違っていなかったのである。京浜東北線で忘れ物をした城戸明が、たまたま東十条の山本安雄のアパートから出てきたのを、永島が勝手に山本安雄と勘違いしてしまったのである。あまりにも短絡的に判断してしまったものだ。

それに、大塚のマンションの部屋のドアにあった「城戸デザイン事務所」という表札を見ておきながらのこの失態。永島は己《おのれ》のばかさ加減に腹が立った。

「くそっ、ふざけやがって」

そうつぶやくと、新聞をずたずたに引き裂いた。

本物の山本安雄は今も生きている。永島にとって山本は新たな障害物であり、永島の命運を左右しかねない男だった。山本安雄が生きているかぎり、『幻の女』は応募できない。それに、永島が原稿を盗んだことがばれてしまうのはもちろんのこと、城戸明殺しの犯人として永島がつかまる可能性も出てくる。

永島は山本を殺すことに決めた。城戸を殺したことで、殺人を犯すことに抵抗はなくなっている。もう一人殺すのも、今となっては同じことだった。

その日、暗くなってから、永島は東十条の山本安雄のアパートに行った。警察でも山本の行方を追っているので、注意が必要だった。警察と鉢合わせでもしたら、笑い話にもならない。

二階建てのそのアパートは、闇の中に沈んでいた。どの部屋からも光は漏れていない。永島は体を折り曲げるようにして、ゆっくりと近づいた。

アパートの真下から闇を透かして見ると、山本の部屋の窓は開いている。しかし、物音一つ聞こえてこない。各部屋への共通の入口である一階の玄関のガラス戸はぴたりと閉ざされており、永島が手をかけてもびくともしなかった。

山本は警察の追及を恐れて、どこかへ逃げているのだろうか。ここで考えていてもわからないので、永島は明日、明るい時にもう一度来ることにした。

4

翌二十八日、午前八時に山本のアパートに来てみると、小路の入口にパトカーが停まっていた。永島の胸に不安が兆《きざ》す。永島は慌てて五十メートルほど離れた電柱の陰に身を隠した。

すると、山本安雄と彼を挟むようにして二人の目つきの鋭い男たちが小路から出てきた。男たちは一見して刑事だとわかる。パトカーの後部座席にゴマ塩頭の年配の男が乗りこみ、つづいて若いほうが山本の背中を軽く押しながら一緒に乗った。

練馬ナンバーであるところを見ると、たぶん巣鴨署あたりのパトカーだろう。山本が城戸殺しの参考人として連行されたのは間違いない。あの現場から山本安雄に関わる何かが発見されたのかもしれなかった。

しかし、今のところ、山本と永島を結びつけるものはない。永島は原稿を車内で偶然手に入れただけで、山本や城戸とはそれまで縁もゆかりもなかったのだから。

ただ恐いのは、山本の口から原稿をなくした件が漏れてしまうことだった。もし永島が『幻の女』を応募した場合、山本の証言から永島が割り出される可能性も皆無とは言えない。永島としては、事態の展開を静観した上で原稿を投函することにした。八月三十一日の締切までに何かわかるかもしれない。

……二十六日、豊島区南大塚一丁目、「ジュエル・マンション」の三階三〇三号室でデザイナー、城戸明さん（三三）が溺死していた事件で、巣鴨署は死体発見の直前に現場から逃走したと思われる三三歳の男を参考人として呼んで事情を聞いている。城戸さんの死亡は十八日午後三時から十二時の間とみられ、後頭部に打撲の跡があることから他殺の疑いもあり、同署では男が事件について何かを知っているものとみて捜査している。……

……城戸明さんが溺死した事件で、巣鴨署は事件に関係があると見られる男に事情を聞いていたが、重要な事実をつきとめた。男は推理小説の原稿を城戸さんにワープロで清書するよう依頼したが、城戸さんが原稿を京浜東北線の車内に忘れたことで口論し、城戸さんを恨んでいたという。同署では、男が事件に深く関わっているものと見て、引きつづき事情を聞いている。……

山本安雄が連行されたことは、その日の夕刊と翌二十九日の朝刊の社会面に載っていた。これだけでは、はっきりしないが、城戸明の死に他殺の疑いがあり、山本にその嫌疑がかかっているらしい。

永島は事故死を装ったつもりだったが、山本安雄という動機を持った男の登場で、事件は予想外の方向に動き始めた。それは永島にとっては喜ぶべきことだった。山本は、アリバイが成立するか証拠不充分でいずれ釈放されるだろうが、それまで警察に身柄を拘束されていることになる。

新聞の文面からは、山本が原稿をなくして途方に暮れている様子が窺える。三十一日までの残り少ない日数で、山本が原稿を新たに書きおこすのは絶対無理だろう。

問題は、『幻の女』が当選した場合、山本がそれを知って永島を盗作者として訴える可能性があることだ。だから、永島としては釈放された山本の息の根をぜひとも止めなければならなかった。山本がいつ釈放されるかわからないが、永島はこの一週間が限度だと見た。

永島は一日に数回、山本のアパートの周囲をうろついて、それとなく探りを入れることにした。

二十九日、三十日、山本は釈放されず、彼の待機は空振りに終わった。

そして、八月三十一日、月刊推理新人賞の締切の日がやってきた。

五　盗作の襲撃〔山本安雄の手記〕

八月二十九日

城戸の死亡時刻は、どうやら彼がぼくに電報を打った直後らしい。つまり、八月十八日の午後四時頃になる。それ以降は、ぼくも城戸に電話しているが応答はなかった。城戸の取引先の人間も何人か同じように電話したが、連絡がつかなかったという。それに、新聞受けにたまった新聞が十八日の夕刊からだったことも、それを裏付けている。

ぼくには十八日のその頃のアリバイがない。だいいち、一人で机に向かって誰とも口をきかずに原稿を書いていたのだから、ぼくのためにアリバイを証言してくれる人がいるわけがないのだ。アパートに誰かいてくれればよかったが、前にも書いたように、皆、夏休みで帰省しているのだった。

どこまでも状況はぼくに不利になっている。

ぼくは荒井警部補に洗いざらいしゃべったが、それはかえって彼にぼくの犯行を確信させただけだった。大事な原稿をなくされた恨みは、ぼくが城戸を殺す立派な動機になるのだから。

警部補はあと一押しだと思っている。罵声と猫撫で声を巧みに使い分けて、ぼくの陥落を待っている。

ぼくの心は千々《ちぢ》に乱れた。ああ、一体どうしたらいいのだ。

八方ふさがりの状況を打開する道は、今のところ思いつかなかった。

月刊推理新人賞の原稿締切まで、あと二日。

八月三十日
巣鴨署に来て三日目。
その朝、大変なことに気づいた。その事実が警察に知れたら、ぼくに対する容疑はますます強まってしまうだろう。それは有力な手掛かりで、事件の謎を解く重要なヒントになるかもしれないのだが、同時にぼくを告発するに足る重大な証拠にもなるのだ。言いたいが言えないこのつらさ。荒井警部補はぼくの落ち着かない様子を見て、さらに自信を深めたらしい。

「どうだ、早くしゃべって楽になってしまえ」

とか、

「君にも同情すべき点はある。ご両親の胸中を察するに……」

などと、相変わらず泣きと脅しで交互に責める戦術を使った。

ぼくは警部補の思惑など無視して、目をつぶって情勢分析に乗り出すことにした。真犯人を探しあて、早く釈放してもらわなくてはならない。将来、推理小説家を志す人間がこの程度の事件を解き明かせなくて何とする。

大変な事実――。それは、ぼくの作品の中で使われた殺人事件と同じような状況で、城戸が死んでいたことだ。『幻の女』の主人公が〝幻の女〟を復讐のため、浴槽に沈めて殺す場面があるのだが、それとよく似ているのだ。

実は、このエピソード、「浴槽の花嫁事件」というイギリスの有名な実話に基づいている。ジョージ・J・スミスという男が結婚を繰り返しては、妻に多額の保険金をかけ、浴槽で事故に見せかけて殺人を犯すという事件だ。スミスは浴槽に浸《つ》かっている妻の両足を急に引っぱり溺死させるという簡単な手口を使っている。

ぼくはこの実話にヒントを得て、『幻の女』に同じトリックを使ったが、これはもちろんメイントリックではなく、サスペンスを盛り上げる一つの要素としている。

城戸の死の状況は、よく考えてみると、その状況に酷似していた。違っているのは城戸の後頭部に殴られた跡があったことだけだが、殺されるのが〝花嫁〟ではなく、力の強い若い男であれば、殺人者はいったん被害者を殴って気絶させてから浴槽に沈めたとも考えられるのだ。

この手口を知っているのは、『幻の女』の作者、あるいはそれを読んだ人間、つまり、作者のぼくと城戸だけだった。

いや、待てよ。まだいるではないか。

原稿を拾った奴だ。

この事実に思いあたって、ぼくは愕然《がくぜん》とした。そうだ、そいつ以外に犯人は考えられない。その男（あるいは女）は、ぼくが警察にいる今でも大手をふって街を歩いているのだ。許せないと思った。

しかし、そいつがなぜ城戸を殺したのかまではわからなかった。

「うん、どうだ、しゃべる気になったか？」

警部補の声に、ぼくは物思いを断ち切られた。目を上げると、彼が期待のこもった視線をぼくに向けていた。

「え、いや何でもないです」

ぼくは首を横にふりながら、今思いついたことを警察に言ったらどうなるかを考えた。もし警部補に事実を打ち明けたとしても、彼はぼくの言うことを信用しないだろう。原稿を拾った者がなぜ人殺しをするんだ、そんな絵空事を誰が信じるか、と一喝されるに決まっていた。ぼくだって、嘘のような話だと思うのだから。


原稿の締切が明日に迫って、ぼくには選ぶべき道が二つ残されていた。

一つは、このままだんまりを決めこむ。ぼくは無実なのだから、いずれは疑いが晴れると思っている。だが、この場合、問題になるのは、原稿が締切に間に合わなくなることだ。来年になれば、その分だけ作家デビューが遅れてしまう。

もう一つは、『幻の女』を警察に見せてしまい、原稿を投函してもらうことだ。コピーを取ってあるのだから、一つを「新人賞係」に発送し、一つを警察が証拠物件として押さえればいい。だが、この場合の難点は、『幻の女』を警察に読まれてしまい、浴槽の殺人の手口から、ぼくが犯人として真先に疑われてしまうことだ。警察にぼくの罪を立証する証拠として使われる可能性があった。

二つの方法のどちらを選ぶべきか。どちらを選んでも破滅の道が待っている。

ぼくはシェイクスピアのハムレット、いや、F・R・ストックトンの『女か虎か』やスタンリー・エリンの『決断の時』の主人公になったような気分だった。

月刊推理新人賞の締切まで、あと一日。

八月三十一日

とうとうXデーがやってきた。

ぼくはこの日の朝をやりきれない思いで迎えた。ジョナサン・ラティマーの『処刑六日前』の主人公はその当日をどのように迎えたのか。思い出そうとしたが、ばからしくなってやめた。

荒井警部補から何を聞かれても上の空。思考回路が完全にショートしてしまっている。応募規定の「締切八月末日（当日消印有効）」の文字が某新聞社の本社ビルにあるネオンの文字ニュースのように、頭の中を慌ただしく駆けまわる。

正午。玉子丼が目の前に置かれたが、箸をつける気にもならない。

「少しは食べておかないと、体がまいってしまうぞ」

と言う警部補の声。彼はうまそうにザルソバを食っている。いい気なものだ。

二時、三時……と、何もしないのに、時間の経過だけは早い。

四時。郵便局がそろそろ閉まる時刻である。でも、まだポストに投函するのなら、何とか間に合うなどと楽観的なことも考えていた。

五時、そして六時になった。

午後六時以降は、郵便局の消印は「12―18」から「18―24」に変わる。今さら、どうでもいいことだが……。


午後七時のほんの二、三分前。突然、取調室のドアがバタンと開いて、若い刑事が息せき切って駆けこんできた。彼は荒井警部補の耳元に口を寄せると、早口に何かしゃべっている。警部補の顔色が変わり、驚いたようにぼくの顔を見る。「ほんとか」とか「間違いないです」といった二人のやりとりが聞こえた。

「そうか、やむをえないな」

やがて警部補がゆっくり立ち上がり、刑事の肩を叩くと、部屋から下がらせた。警部補は机をまわり、ぼくの横に立った。

「ごくろうさんでした。もう帰ってけっこうです」

「え？」

意外な展開に、ぼくは声も出ない。「それ、どういうことですか？」

「あなたに対する疑いが晴れましてね」

警部補も言いにくそうである。ぼくは彼の顔を見上げた。

「どうしてですか？」

ぼくは食ってかかった。「そんな、今頃になって……」

「申し訳ない。この通りです」

警部補の顔には苦衷《くちゆう》の色がにじんでいる。言葉つきもいつの間にか丁寧になっていた。

「どうして？　理由を説明してください」

ぼくは激しく詰め寄る。

「あなたのアリバイが成立したんですよ」

そんなばかなことがあるのだろうか。最有力容疑者のぼく自身が一番驚いていた。

「だ、誰です、証言してくれたのは？」

「おたくの大家さんですよ」

「大家さんて、おばあさんのこと？」

「そうです。大家さんは昨日まで娘さんのところに行ってましてね、今日もどってきて証言してくれたんです。何でも、あなたは、城戸さんが死んだ前後の日、窓際に座って、ずっと勉強していたそうじゃありませんか。大家さんは今どき珍しい勉強熱心な若者だと感心して、居間から裏窓ごしに、いつもあなたのことを見ていたんです。それで、あなたが三十分も席から離れたことはなかったと証言したんですよ」

「おばあさんが……」

それっきり声にもならなかった。意外なところからの助け舟。やがて嬉しさがじわじわと胸に込み上げてきた。

「署の車でおたくまで送らせますから」

警部補は声を失うぼくの肩に手を置くと、出口のほうへ促した。その一言がきっかけになって、ぼくははっと我に返った。

「た、大変だ。原稿が間に合わない」

「原稿?」

警部補が不審な顔をしたので、ぼくは慌てて首をふった。

「い、いいえ、こっちのこと」

原稿のことが警部補にわかったら、また痛くない腹を探られるような気がした。

「じゃ、アパートまで送ってください」

巣鴨署から東十条まで車で約二十分。アパートに着いたのは八時すぎだった。パトカーを降りて小路に駆けこんだ。原稿は郵便局の本局に持っていけばいいだろう。自転車ならまだ充分間にあう。

アパートの鍵を開けて、靴を履《は》いたまま二階へ駆け上がった。

「えーと、原稿、原稿と……」

気持ばかりが急《せ》いた。生原稿は天井裏に、コピー原稿は本箱の上に置いてあるはずだ。

電気をつけるのももどかしく、真暗の部屋の中で本箱の上に手を伸ばした。あった。盗まれていなかった。それから、封筒に入った生原稿を取ろうと、机を踏み台にしようとした。

机の上に足を乗せた時になって、空気が微妙に変わっているように感じた。誰かの呼吸する音を聞いたように思ったのだ。ぼく以外に部屋の中に誰かいる！

原稿を早く取り出すことに気をとられていたので、周りの変化に対して注意がおろそかになっていた。

「だ、誰だ？」

ふり向いた瞬間、側頭部に強い一撃を受け、足の力がすうっと抜けた。畳が目の前に激しい勢いで迫ってきた——。

気がついた時、闇の中にいた。最初、自分がどこにいるのかわからなかった。耐えられないほどの暑さに全身から汗が噴き出し、下着が肌にぴたりと貼りついている。

頭がズキズキと痛んだので、ぼくは手を額に持っていった。手にぬるぬるしたものが触れた途端、全身に激痛が走った。血だった。生臭い臭《にお》いが部屋中を満たす。そして、すべてを思い出した。

「原稿だ」

ぼくは慌てて立ち上がる。眩暈《めまい》に足下がふらふらしていたが、それでも、どうにか部屋の明かりをつけることができた。暗闇の中に長い間いたので、ぼくはまぶしさに目を瞬いた。部屋の中は、乱れた様子はなかったが、案の定、原稿のコピーはなくなっていた。意識を失う直前、ぼくは本箱から原稿のコピーを取り出し、天井裏に手を伸ばそうとしていた。そこを賊に襲われたのだった。賊はやはり原稿を狙っており、コピーを奪って逃走したのだ。

しかし、天井裏には気づいていないのではないだろうか。祈るような思いで、ぼくは天井裏に手を差しこんだ。

あった！　オリジナルの原稿は盗まれていなかった。

腕時計を見た。午後九時十五分だ。まだ間に合う。

生原稿を胸にしっかり抱いたぼくは、おぼつかない足取りで外へ出る。そして、自転車を引っぱり出して、必死の思いでペダルを踏んだ。

さあ、王子郵便局へ急げ。脳がそう命令しているが、ぼくの心と体はバランスを失っていた。道路を右へ左へよろけながら、それでも進めたのは「8―31　18―24」の消印を押してもらうという大目標があったからだ。

「当日消印有効！」

普通なら十分で行けるところを夜道に方向を見失い、少し時間をロスした。王子郵便局が街灯の光を浴びてぼんやり浮かんでいるのを見て、ぼくは最後の力をふりしぼった。午後九時三十分だった。

建物の前に切手の自動販売機があった。原稿の送料がわからなかったが、千円分だけ切手を買おうとした。財布から十円を取り出す時、小銭がパラパラと足下に散乱した。だが、ぼくにはもう拾う力もない。目の前が霞《かすみ》がかかったようになりつつあった。

だめだ、あと少し頑張れ。

建物内に夜間受付の緑のランプが点灯している。ぼくは這いながら進んだ。両手の重みで自動ドアがゴーッという音を上げて開く。開けゴマみたいだと、ぼくはぼうっとする頭でまったく脈絡のないことを考えている。

あと少し、あと少し。受付の窓口はぼくの頭上高くにある。壁に手を突き、必死の思いで立ち上がろうとした。まず膝をつき、両手で受付の台を持って立ち上がった。

受付の付近には人影がない。夜間呼び出しのブザーを押すが、係員は見えない。二度、三度、断続的に押すと、ようやく足音が聞こえた。ぼくの額に脂汗が浮かんだ。

受付の小さな窓のカーテンが開いて、不機嫌そうな係員の顔が見えた。しかし、ぼくの血だらけの顔を見て、係員の顔色が変わった。

「お客さん、どうしたんですか?」

「ちょっとそこで転んじゃって。あのう、これ速達でお願いします」

ぼくは封筒を相手のほうへ押しやった。係員は心配そうな顔をしながら、「あと百円です」と言った。

ぼくは財布を取り出し、震える手で中を探りながら、係員に聞いた。

「まだ、間に合いますよね?」

「何がですか?」

「これの消印、今日の日付押してくれますよね?」

「ああ、それね、何とかなるでしょう」

「間に合った。ついに原稿が間に合った」

嬉しさのあまり、緊張がゆるみ、目の前が霞んできた。

それなのに、ぼくはまだ百円玉が取り出せないでいる。ついにあきらめた。

「ここから適当に百円を取って……」

財布を係員に差し出すのが精一杯だった。意識が本当に今度こそなくなった。足が体を支えきれず、膝から崩れ落ちた。

「お客さーん」

コンクリートの床に倒れる直前、係員の叫び声が聞こえた。

六　盗作の執念

1

　山本安雄をアパートで急襲することに成功した永島一郎は、山本が倒れている間に部屋に散乱した原稿を急いでかき集めた。四百枚以上だから相当の量があった。一枚目にライターの火をかざすと、『月刊推理新人賞応募作品・『幻の女』、作者山本安雄』と書かれていた。

　永島は、こんなに短い間に原稿を書き直した山本の恐るべき執念に舌を巻くと同時に、それを取り返したことに安堵の息を吐いた。

　危ないところだった。閉めきったままで猛烈な暑さの山本の部屋で、永島は冷汗をかいていた。

　ところが、赤羽の自宅に戻った永島はさっきよりさらに肝が冷えた。奪ってきた原稿を電灯の光で改めて見ると、なんとコピーだったのである。ふつう、コピー原稿での応募は認められていない。あの時、机の上に立っていた山本は、実はオリジナル原稿を探していたのではないだろうか。

そして、永島は原稿を取り返すことに夢中になるあまり、山本を殺さなかったことに気づいた。あの程度の攻撃では、山本はいずれ意識を回復するはずである。

永島は再び山本のアパートに取って返した。今度は山本を殺して本当の原稿を奪うために……。

ところが、アパートはもぬけの殻で、山本の姿は消え失せていた。乱雑な部屋の中に血痕がところどころに散って、山本が重傷を負っていることはわかったが。

2

九月になっても、十月になっても、山本安雄はアパートに帰ってこなかった。他の部屋には夏休みを終えた学生たちがもどってきていたが、山本の部屋だけは相変わらず窓を閉めきったままだった。

山本安雄の不在は永島には無気味だった。山本はどこかに生きている。永島の襲撃の後、身の危険を感じて、どこかへ姿をくらましてしまったとしか考えられなかった。

永島は月刊推理新人賞の中間発表日まで落ち着かない日々を送った。中間発表を見れば、少なくとも山本が原稿を応募したかどうかはわかる。

結果は十一月発売の「月刊推理」の一月号で明らかになるはずだった。

3

月刊推理新人賞　中間選考通過作品発表

八月末日で締め切り、総数二百十七篇の応募作品の中から左記の百篇が第一次予選を通過し、さらにその中から二十篇（太字）が第二次予選を通過しました。

第三次予選では、二十篇の中から五篇が選ばれ、候補作として審議されますが、その結果については……。

永島は不安な思いで「月刊推理」を開いた。だが、二十篇の第二次予選通過作品の中に山本安雄の名前はなかった。念のために第一次予選通過作品にも目を通したが、やはり山本の名前は見つからなかった。そして、安心した上で、自分のペンネームを探した。……

七　盗作の疑惑〔山本安雄の手記〕

十月十日

ぼくはアパートで受けた傷がもとで意識不明の重体に陥り、しばらく絶対安静の状態がつづいた。意識が回復したのは、八月三十一日から数えて実に四十日後の十月十日だった。

意識がもどる寸前のことは、よく覚えている。最初、暗闇の中に白い光点が見え、それが次第に大きくなっていった。ちょうど長いトンネルに入って、出口が近づくにつれ、白い点が大きくなるのに似ていた。暗黒の時間は短かった。何しろ意識不明では暗ささえ感じることができなかったのだから。

暗闇を意識したことは、すなわち回復の前兆なのだった。短い闇の時間があり、つづいて白い光点が目の前で巨大な球状になった時、ぼくはトンネルの先、つまり意識の世界に這い出てきたのだった。

目を開けた時も、世界は真白だった。なぜならぼくは仰向けに横たわっており、最初に見たのが白い天井だったからだ。部屋に差しこんだ太陽の光線が、その天井に反射しているようだった。ぼくは自分がどこにいるのか知りたくて首を動かそうとした。動かなかった。あきらめて目を動かす。

おふくろがぼくの顔をのぞきこんでいた。びっくりしたような顔。

「安雄、気がついたか？」

「…………」

「かあちゃん、ずいぶん心配したんだぞ」

おふくろの顔が嬉しさでくしゃくしゃになった。

「ここ、どこ？」

やっとの思いで、それだけ言った。

「ああ、病院だ。おまえが事故に遭って、かつぎこまれたんだわな。おらも一時は死ぬんじゃねえかと覚悟した」

おふくろはハンカチを取り出して洟《はな》をかんだ。

「事故って？」

「おまえ、郵便局で倒れた時、顔中が血だらけだったというじゃねえか。交通事故に巻きこまれたんとちがうのかい。警察も来たんだけんど、肝心のおまえの意識がねえもんだから、調べようがなかったとよ」

「そうか……」

だんだん思い出してきた。ぼくは何者かに殴られた後に原稿を持って郵便局へ行った。そして、そこで原稿を……。はっとなった。

「げ、原稿だ。原稿はどうなったか、かあちゃん知ってるか？」

ぼくは首を起こそうとした。首筋に激痛が走る。

「い、いてえ！」

「ほらほら、あんまり無理をしねえで」

「だって、原稿が……」

「原稿を出してから倒れたっていうから、受け付けてもらえたんじゃねえのかい」

「そうか」

ぼくは、その時の記憶が甦《よみがえ》り、少し安心して溜息をついた。

「ところで、安雄、自動車にぶつかったんかい？」

「あ、いや、なに……」

　ぼくは、ちょっと言葉を失った。ここで、誰かに殴られたと言って、おふくろに無用の心配をかけたくなかった。

「電柱にぶつかったんだ。つい、うっかりして……」

「危ねえなあ、そんなことで命を落としちゃかなわねえぞ、安雄」

「ああ、ほんとだな、かあちゃん。心配かけてすまなかった」

　ぼくは、おふくろに笑いかけた。

　おふくろの話によると、ぼくは一時は死線をさまよっていたようだ。急を聞いて駆けつけたおふくろと、東京に住む姉が交替で面倒を見てくれていたという。病院は区立で荒川の河畔にある。ぼくは個室に入れられていた。

「そうか、かあちゃんには、ずいぶん迷惑かけたなあ」

「ああ、おらも安雄が死ぬかと思って、寿命が縮んだよ」

　久しぶりに見たおふくろの顔には、しわが目立った。体もひとまわり小さくなったような気がして、ぼくの胸は痛んだ。

「どうだ、安雄。田舎に帰らねえか。おらもとうちゃんも、この先、いつまで生きるかわかんねえ。おまえがいてくれると安心なんだが……」

「ああ、わかってる」

ているのだ。

また、おふくろの愚痴が始まる。おふくろにとって、ぼくの入院はいい口実になっているのだ。

「わかってるって。そのうちにな、もうすぐ結果がわかるから」

「小説か？」

「うん、今度は自信があるんだ」

「いつまでも、そんな夢みてえなこと言ってねえでよ」

おふくろの顔が少し曇った。ぼくには、おふくろの気持が痛いほどよくわかる。だが、もう少し辛抱してくれよ。

おふくろは、ぼくの掛け布団をきちんと直すと、看護婦を呼びにいった。

医者の診察によると、ぼくはまだ脳波に異常が見られ、なおしばらくは様子を見るために入院の必要があるとのことだった。ぼくは試みに体を動かそうとしてみた。右半身に痺《しび》れを感じ、動くこともままならない。頭は何とか動くようになったが、割れるように痛んだ。額の傷は大分癒《い》えているようだ。

「まあ、ゆっくり養生しなさい。慌てずにな」

初老の医者は言った。

翌日、ぼくが意識を回復したのを聞いて、警察の連中が事情聴取に訪れた。所轄の王子署の刑事と、ぼくの見覚えのある巣鴨署の荒井警部補の二人だ。

「その節はどうも……」

ぼくは顔を動かさずに挨拶した。

「あの事件の後だから、私もあなたが襲われたんじゃないかと心配しましたよ」

荒井がぼくに質問してきた。「で、実際のところ、どうなんですか？」

「い、いえ、そんなんじゃないんですよ。どじな話なんですけど、原稿を出すのに急いでいて、電柱に激突してしまったんです」

ぼくは、おふくろに言った嘘をもう一度使った。『幻の女』の件を持ち出せば、よけいな疑いをかけられると思ったからだ。

「ぶつかったのに、無理して郵便局に行ったものだから、怪我が悪化したんでしょうね。原稿を出した途端、意識がなくなっちゃって」

ぼくは苦笑いを浮かべる。

「本当ですね？」

荒井警部補は少し疑わしそうな目付きでぼくを見た。

「嘘を言ってもしょうがないでしょう」

「まあ、それもそうだが……」

「ぼくの不注意だったんです。それ以外の何物でもありません」

ぼくはきっぱり言い、逆に荒井に質問の矢を向けた。「城戸明の事件なんですけど、その後どうなりましたか？」

「ああ、あれねえ」

荒井はちょっと顔をしかめた。「依然、捜査中ですな」

「他殺で？」

「その疑いも、まだ捨てきれないが、誤って頭を打ってそのまま溺れたとも考えられるし、自殺の疑いも……」

そこまで言うと、彼はしゃべりすぎたと気づき、慌てて口をつぐんだ。どうやら、城戸の事件については警察でも苦慮しているらしい。

「ふうむ」

ぼくは考える。

「どうかしましたか？」と荒井警部補。

「い、いや、こっちのことです」

ぼくはもう彼らがわずらわしくなってきた。そこで、ぼくは奥の手を使うことにして、枕許の救急用のボタンを押した。すぐに看護婦が駆けつけてきた。すかさず、ぼくは叫んだ。

「あ、いててて、死にそうだ」

「どこが痛むの？」

「ここが割れるように痛いんです」

ぼくはわざと頭を押さえて悲鳴を上げる。

看護婦はぼくの頭に触れながら、荒井警部補たちに厳しい目を向けた。

「こちらの患者さん、重傷で疲れていますから、今日はこの辺で帰っていただけますか」

歴戦のつわものたちも、看護婦のひとにらみには弱かった。彼らは、きまり悪そうに病室を出ていった。

厄介ばらいはできたが、警察が来たことで、ぼくの頭は再び城戸殺しの件で回転し始めた。意識が研《と》ぎすまされてきた。

城戸は断じて事故や自殺で死んだのではない。それは、ぼくが一番よく知っている。明らかに彼は殺されたのである。なぜなら犯人はこのぼくも殺そうとしたのだから。

城戸とぼくの共通項は『幻の女』だ。犯人もしかり。犯人は原稿を持っている城戸を殺し、つづいてぼくも殺そうとした。

誰が？『幻の女』の原稿を拾った奴だ。たぶん男だろう。

なぜ？それはわからない。

だが、ぼくはそいつに復讐しなければならない。城戸が味わったのと同じ方法で。できるか？絶対できる。

心の中で、そのように自問しているうちに、一つの解答が浮かんだ。それしか方法は考えられなかった。

「殺す」

そして、城戸を殺したことを後悔させてやるのだ。

狂気の沙汰？いや、断じて狂気ではない。社会の害虫の駆除である。すなわち、それは正義なのだ。ぼくは処刑人として、正当な裁きをこの手で遂行するのだ。

警察には、断じて任せておけるものか！

第二部　倒錯の進行

第20回　月刊推理新人賞　決定発表

●受賞作

「幻の女」　白鳥《しらとり》　翔《しよう》

正賞・記念トロフィー　副賞・一千万円ならびに印税全額

〔選考経過〕

月刊推理新人賞は二百十五篇の応募があり、三度の予選の結果、五篇が候補作に選ばれましたが、十二月二十日、月刊推理新人賞の最終選考会が開かれ、白鳥翔『幻の女』が入選作に決定いたしました。

〔受賞のことば〕——白鳥翔
初めての応募で受賞できるとは思ってもいませんでした。並み居る強力な作品に交じり、自分の作品が候補になっただけでも夢のようでしたのに、受賞作が『幻の女』に決まったと、編集部から電話を受けた時の天にも昇る心地は、一生忘れないと思います。選考委員の皆様、ほんとうにありがとうございました。心から御礼申し上げます。
脱サラをしたかいがありました。これからも、スピーディーな展開のサスペンス小説を目指し、日本の推理小説界に新風を吹き込む意気で頑張ります。

〔選評〕
●見事な構成力——A選考委員
今回は例年に比べて水準が高く、読みごたえがあった。五篇とも力作ぞろいで、本賞の質の向上を物語っている。白鳥翔氏の『幻の女』は、その中でもずば抜けており、私は今年の受賞作はこれで決まりだと思って選考会に臨んだ。果たして、全員一致で受賞が決定した。

『幻の女』といえば、ウイリアム・アイリッシュの同名の傑作がすぐ思い浮かぶが、この作品はそれを超える出来といっても過言ではない。構成力、ストーリー展開など、どれをとっても一流で、白鳥氏はデビュー時点ですでに大器であることを証明している。

こうした密度の高い作品こそ、本賞にはふさわしい。白鳥氏の登場によって、日本の推理小説の歴史は塗り替えられるかもしれない。末おそろしい作家である。

●近来にない収穫――B選考委員

今回の候補作はレベルが高かったが、わたしは白鳥さんの『幻の女』を読んだ時、「今年はこれだな」と思った。発端の謎にひかれ、一気に読了してしまった。最近のミステリーの一つの収穫とあえて言いたい。それに比べ、他の四篇は不幸だった。例年なら賞を取ってもおかしくないほどの出来なのだが、『幻の女』があったために、その存在さえも霞んでしまった。しかし、いずれも力量のある人たちばかりなのだから、これに力を落とすことなく、次回以降、奮起されんことを期待したい。

●外国作品をもっと読め――C選考委員

白鳥翔氏の『幻の女』は、選考委員の全員一致で賞に推した。

私はつねづね、応募者はもっと翻訳ミステリーを読んで研究しろと言っているが、この『幻の女』はアイリッシュの作品を換骨奪胎《かんこつだったい》して見事に成功している。

他の四篇の候補作も、過去の受賞作の傾向を研究して応募するのもけっこうだが、みな小粒な作品になっている。それぞれ実に器用な人たちなのだが、歴史ミステリーがはやれば歴史物、外国が舞台の冒険小説がはやればそういう類の冒険物、というのではあまりに芸がなさすぎるではないか。作品の出来にばらつきのある日本作品より、白鳥氏をみならって質の高い外国作品をもっと読んで研究してほしい。

一　倒錯の発覚〔山本安雄の手記〕

十一月

十一月になると、ぼくの体調は著しく回復した。右足がまだ少し麻痺《まひ》しているが、松葉杖を突いて病院の中を自由に歩けるまでになっている。

医者は、驚くべき回復力だ、君のように治す執念があれば元の体にもどることは充分可能だと言った。

執念――まさに医者が見抜いた通りだ。ぼくには城戸や自分をこんな目に遭わせた奴に復讐するという一大目標があり、それにはまず体を完治させるしかなかった。治すことへのあくなき執念、精神的な強さがバックアップして初めて肉体は元にもどるのだ。

来週からは、いよいよリハビリを始めることになっている。経過が順調に行けば、田舎で養生しながら体力作りをするように、医者は勧めてくれた。

体力がつく来月か再来月頃には、月刊推理新人賞の最終選考会が開かれるだろう。ぼくはそれまでには万全の体調になっていたかった。敵は現在入院中のぼくには手出しもできないが、ぼくが退院すれば、当然狙ってくるにちがいない。ぼくにも危険が及ぶが、そうしないと敵の正体のつかみようがないのだ。

自らを囮《おとり》にして、罠《わな》を張る作戦。ぼくは自分の命を代償にしてでも、そいつの化けの皮を剝《は》ぎたかった。そして、そいつを闇に葬る！

「虎穴に入らずんば、虎児を得ず」だ。

だが、ぼくの目的がはっきりしているのに対し、敵の狙いが何なのか皆目わからない。その点が、依然、無気味だった。

なぜそいつが原稿のために、城戸もぼくも消さなければならないのか。まさか二人を消して自分が原稿を応募するわけでもあるまいに。そんなことをしても無駄なのだ。なぜなら、原作者のぼくが応募しているからだ。

いや、ちょっと待てよ。ぼくは不意に浮かんだ一つの可能性を検討してみた。

もしアパートで原稿のコピーを奪ったのが、ぼくの応募を阻止するためだったとしたらどうなるか。そいつが、ぼくを消して自分が実作者になりすますことを考えたとしたら――。

ぼくは、その確率が意外に高いことに思い至り、血の気が引いた。

そうだとしたら、まずいぞ。

現時点で締切から二ヵ月もたっている。すでに予備選考はかなり進んでいて、ぼくの力の及ばないところまで行っていた。

だが、すぐに思いなおした。ぼくは確かに原稿をこの手で郵送したのだ。敵の思い通りに、ことは簡単に運ぶものではない。

とにかく、くよくよしていてはそれだけ体の回復が遅れ、敵の思うつぼになる。今は何も考えずに体力回復に励む。そして、賞の結果を待つべきだ。

もうすぐ賞の中間発表があるはずだった。

十二月

ぼくは三年ぶりに田舎に帰った。空気のきれいなところで温泉にでも浸《つ》かりながらリハビリをしろという医者の助言に従ったまでだ。

確かに、ぼくの田舎は空気がきれいで温泉も湧いている。おまけに自宅療養で金もかからないから、絶好の保養地といえるかもしれない。それに、敵から身を隠すのに、これ以上のところはないだろう。

しかし、如何《いかん》せん、寒すぎた。東北の山奥はもう完璧に冬なのである。ぼくの田舎は、福島と宮城の県境にある駅からバスで一時間ほど入った山間の僻村《へきそん》なのだ。村の三方を囲む山々の頂は、すでに雪にすっぽり覆われていた。里にはまだ雪は降っていないが、山から吹き下ろす風は猛烈に冷たい。

里が雪に鎖《とざ》される本格的な冬の到来までには脱出することを念頭において、当面は温泉と軽いジョギングのリハビリのメニューをこなすことにした。一ヵ月ほどして東京にもどる頃には、月刊推理新人賞の選考結果が載《の》った「月刊推理」三月号が発売されているはずだから、時間的にはちょうどいい。療養を兼ねた自宅待機と思うことにした。

村には本屋がないので、「月刊推理」は読めず、中間発表の結果はわからない。しかし、郵便物は東京から転送してもらう手はずになっているので、候補作の五篇に残った場合は編集部からの通知がこちらに来るはずだ。例年、選考会は十二月か一月だから、もうそろそろ連絡があってもいい頃だった。

午前中に軽いジョギングで村を一周して、帰ってくる頃にいつも郵便の配達があった。配達夫のおじさんの赤いバイクを見ると、今日こそは「月刊推理」からの通知を東京から運んできたのではないかと、ぼくの胸はときめいた。

しかし、待てど暮らせど、幸運を呼ぶ手紙は配達されなかった。

正月の三が日を過ぎると、ぼくは東京にもどりたくて矢も楯もたまらなくなっていた。通知が間違って東十条のアパートに配達されたという可能性も捨てきれなかったのだ。幸い、体のほうはほぼ完璧な状態になっており、いつでも田舎を飛び出せる態勢になっていた。

さらに数日がすぎて、山々の峰に積もる雪が厚みを増してきた。本格的な冬将軍の到来は間近い。そろそろ東京にもどる時期が来ていた。

一月十五日

村にはまだ正月気分が漂っていたが、ぼくは東京へ帰るために荷物をまとめた。

「もう少し、ゆっくりしてったらどうね」

とおふくろは引き止めたが、ぼくはその声をふり切るようにして福島に出た。この日は朝から底冷えがした。雲が重そうに垂れこめ、雪が今にも降ってきそうな雲行きだった。

たまたま今日は成人の日とあって、電車の中には晴着で着飾った女性たちがちらほらと目につき、華やいだ雰囲気だったが、ぼくにはまったく無縁のことだった。ジャンパーの襟《えり》を立て、なるべく人の目に触れないようにした。

東北新幹線はオフシーズンとあって、半分ほどの入りだった。ぼくは自由席の窓際の席に腰を下ろし、ぼんやり車窓を眺めた。南下するとともに、山々を覆う雪が薄くなり、風景も心もち温かみを増していくように見える。ふだんのぼくなら、こういう景色を楽しむのだが、今は選考会のことが気になって、そわそわと落ち着かなかった。

車内で読むために買った週刊誌も、めくってはいるのだが、文字が全然意味をなさずに網膜を通過していく。

「最終選考会か――」

ぼくはこの日何度目かの溜息をついた。

ぼくの小説を見る目は確かだと思う。だから、自分の書いた小説がどの程度のものかはわかっているつもりだ。別に手前みそではないが、『幻の女』は過去の名作と言われる作品に少しもひけをとらず、Aランクに入る出来だと思う。それが、今まで「月刊推理」から何の連絡もないということは、落選したとしか考えられなかった。

対抗馬にものすごい作品が現れたのだろうか。だが、その場合でも、五篇の候補作の中には確実に入るはずだ。過去十年の受賞作の傾向を見ていると、ずば抜けたものは、一、二作を数えるのみで、『幻の女』と比較して劣るものがほとんどだった。落ちることは、まずありえない。どうも何か手違いが起きたとしか思えないのだ。

まさか——。

一つの不安がぼくの胸をよぎった。やはり、原稿の消印が間に合わなかったのかもしれない。受け付けてくれた郵便局の係員は大丈夫だと請《う》け合ってくれたが、ぼくが倒れたどさくさの中で、その日の最終の集配に間に合わなかった可能性も充分考えられる。

不安が次第に増幅していった。

「そんなこと信じたくないよ。あってたまるか」

ぼくは無意識のうちに声に出していた。

「何かおっしゃいましたかな？」

隣に掛けていた老人がぼくを向いて訊ねてきた。

「あ、いいえ、何でもありません」

ぼくはバツが悪くなって膝の上に目を落とした。たまたまそこにはさっき買った週刊誌のグラビアのページが開かれていた。

「時の人」というテーマの人物紹介記事で、芸能人、文化人、スポーツ選手など有名人の近況報告が載っていた。ぼくも好きでよく見るページだったが、今週号にも何人かが登場している。その中の一人に目を引き寄せられた。三十歳くらいの精悍《せいかん》な感じの男が見開きで紹介されている。銀縁の眼鏡をかけ、鼻の下に髭《ひげ》をたくわえ、いかにもインテリ然としていた。右ページには、その男が書斎で原稿を書いている姿が写っていた。作家だなとぴんときた。

見出しを見ると、「推理小説界期待の大型新人、白鳥翔」とある。左のページには、若い女性と談笑している彼が写っていた。キャプションには、「書斎で第二作の構想を練る白鳥氏」とあり、一緒に写っている女性は彼のフィアンセと説明されていた。

白鳥翔はぼくとほぼ同年配の作家である。しかも推理作家だ。ぼくは白鳥を自分の将来の作家生活に重ね合わせ、ぼくより一足先に世に出たこの男に軽い羨望《せんぼう》の念を覚えた。いつかは彼のようになってやるという闘志が、むらむらと湧き起こってきた。

ところが、写真の下の文章を読んでいるうちに、ぼくの胸の動悸が息苦しいほど激しくなってきた。わが目を疑った。自分の目の前に書かれていることが夢であることを祈った。

こう書かれていたのである。

「……『幻の女』で月刊推理新人賞を受賞し、彗星の如くミステリー界に現れた白鳥翔氏の経歴は、三十代前半という年齢と脱サラをして作家修業をしていたということ以外、ほとんど知られていない。このミステリアスな雰囲気が若い女性層の絶大なる人気を勝ちえている秘密だろう。つい最近、白鳥氏は氏の作品の熱烈なファンである若く美しい女性（左ページ写真参照）と婚約を発表し、またまた話題を呼んだ。氏は今、公私とも幸福の絶頂にあって……（中略）……

現在、白鳥氏は、文京区白山の仕事場で『幻の女』につづく第二作の構想を練っている。

『私は不器用ですから、量産はできません。いいものをじっくり時間をかけて作り出していくタイプなんです。『幻の女』は自分で言うのも僭越《せんえつ》ですが、傑作だと思っています。これを越える作品を書くことが、今後果たして自分にできるのか、とても不安に思っています。もし、仮に私が『幻の女』一作で終わるようなことになっても、読者の皆さん、許してください……』と語り、謙虚な一面をのぞかせてくれた。しかし、氏が『幻の女』で見せたテクニックを駆使して、さらに素晴らしいミステリーを書くことは確かであり、読者もそれを首を長くして待っている……」

ぼくは、しばし呆然となった。白鳥翔という男が『幻の女』という作品で月刊推理新人賞を受賞したとあるではないか。偶然の一致としても、話ができすぎていた。受賞だけならまだしも、作品のタイトルまで一緒となると、冗談ではすまされなくなる。

「嘘だ。こんなこと、絶対ありえない」

ぼくは頭を抱えこんだ。

「ご気分でも悪いんですかな？」

さっきの老人が心配そうに、ぼくの顔をのぞきこんでいた。

「い、いや、ちょっと乗物酔いをしたみたいで……」

「それはいけないな。水でも持ってきましょうか」

「いえ、おかまいなく。すぐに治りますから」

「それは、だめだ。待ってなさい」

いらぬ親切心をおこした老人がわずらわしかった。

「ぼくにかまわないでください」

思わず、ぴしゃりと言ってしまった。老人は鼻白んだ。彼はバツが悪そうに立ち上がり、通路の反対側に席を移した。ぼくには、その時、老人に言いすぎたという意識はなかった。自分のことで頭がいっぱいだったのだ。

干渉する者がいなくなって、ぼくはまた物思いにふけった。

この白鳥翔が城戸を殺し、ぼくの原稿を奪った盗作者だろうか。

もしそうだとすれば、ぼくの『幻の女』はどうなったのだろう。ぼくだって応募しているのに、どうして白鳥翔の『幻の女』だけが通って、ぼくの『幻の女』が落選したのか。

ぼくが入院したり、田舎に帰っていたため連絡が取れず、それで白鳥翔に権利が移ってしまったという可能性はどうか。いや、それはないだろう。ぼくは郵便の転送の手続きをとったから、東十条のアパートに来た郵便物は田舎に届いたはずだ。

すると、やはり考えたくはないが、原稿の消印が締切に間に合わなかったということになる。重傷を負いながら必死に郵便局に駆けつけたことが結局は無駄に終わったのか。

いずれにしろ、ぼくの作品は失格し、「月刊推理」編集部から何の通知も受けないまま、ぼくは田舎で漫然と時を送っていた。その一方で盗作者の白鳥翔は『幻の女』

の真の作者として堂々と受賞し、今や有望な新人作家として脚光を浴びている。こんな不条理なことがあっていいのだろうか。

たぶん、『幻の女』は、受賞作として今頃は「月刊推理」三月号誌上に掲載されているだろう。早く東京に着いて確認したかった。

白鳥翔の『幻の女』が、ぼくの『幻の女』とまったく違う作品であることを心の底では望んでいたが、正直言って、ぼくはその可能性は少ないと断じていた。偶然が二つも重なることはありえないのだ。

暗澹《あんたん》たる気分で、ぼくは上野までの時間をすごした。

東十条のアパートに帰ったのは、実に五ヵ月ぶりである。ぼくが賊に襲われて以来のことだった。

本箱一つと折りたたみ式の机が一つの殺風景な四畳半の部屋。全然変わっていない。ぼく自身の肉体的、精神的変化に比べて、このアパートの狭い空間はなんと時の流れとは無縁にすぎてきたのか。唯一変わっているとすれば、窓からの景色だった。大家の裏庭の桜の木はすっかり葉を落とし、裸の枝々が冷たい北風にさらされて寒そうに揺れていた。

部屋の中も寒々としている。赤外線コタツは押し入れの中にしまわれているが、わざわざ出す気にもなれない。ぼくの心は『幻の女』に飛んでいたのだ。一刻も早く読んで確かめたかった。違っていてほしいと思った。心のどこかで冷めた気持がその可能性を打ち消しつつ……。

「月刊推理」の目次を開いた。

目指すものは、終わりのほうに目立つ形で載っていた。

月刊推理新人賞結果発表！

　幻の女　　白鳥翔

三十二歳の新鋭、衝撃のデビュー。420枚堂々一挙掲載

ぼくは震える指先で目次に示されたページをめくった。

三人の選考委員の選評があった。ぼく自身の『幻の女』にもあてはまるような賛辞が並べ立てられている。『幻の女』が、圧倒的な支持で賞を取ったことがわかる。

そして、次のページ。

ぼくは白鳥翔の『幻の女』を見た。

読み進むうちに、疑惑が確信に変わった。プロローグの文章から、ぼくの『幻の女』そのままだった。それでも、ぼくは間違いであってほしいという思いでページをどんどん繰った。が、どこもまったく同じだった。一字一句の違いもない。違っているのは作者の名前だけだった。「山本安雄」とあるべきところが「白鳥翔」となっているだけなのだ。

エピローグに達した時、ぼくは再び最初にもどって「受賞のことば」を読んだ。

「初めての応募で受賞できるとは思ってもいませんでした。……受賞作が『幻の女』に決まったと、編集部から電話を受けた時の天にも昇る心地は、一生忘れないと思います。……ほんとうにありがとうございました」

受賞した時の決まり文句だ。

胸から上の著者写真も載っていた。白鳥翔がぼくに笑いかけていた。

ぼくはいつか見た夢を思い出した。「月刊推理」を開いた時、『幻の女』が別の男の名で受賞したのを発見した夢――。あれは正夢だったのだ。

この盗人野郎め！

新幹線の中で週刊誌を読んだ時、好ましく映った新人作家の顔は、今はもう抜け目のない泥棒にしか見えなかった。口先だけの元サラリーマン、知性の感じられない目。何が第二作を構想中だ。書けもしないくせに、ポーズを取りやがって。

フィアンセがどうした！　週刊誌の説明では『幻の女』のファンだったという女で、白鳥とファンレターのやりとりをしているうちに愛が芽生えたとあったが、本来ならぼくとつきあうべき女じゃないか。その女がぼく好みの健康的な美人だったので、よけいに腹が立った。

都心の豪華なマンションだと！　賞金と印税がどっと入ったことで、仕事場として使っているというではないか。あぶく銭でよくも抜け抜けと。卑劣な男だ。

ぼくは「月刊推理」を部屋の隅に思いっきり放り投げた。本は押し入れにぶつかり、襖《ふすま》が少し破れた。それだけ、ぼくの怒りが激しかったのだ。

こいつをどうしてやろうか。田舎でリハビリに励んでいた時、ぼくは正体不明の敵を憎んだ。その憎悪がぼくの回復を早めたと言える。そして、今、〝敵〟の正体が明らかになった。親友の城戸を殺し、ぼくも殺そうとし、あげくに盗んだ原稿で月刊推理新人賞を取った男、白鳥翔。

ぼくは敵を殺すつもりでいたが、もうそんな生やさしいことでは容易にぼくの怒りは鎮められなくなっていた。白鳥翔の社会的信用を失墜させて、奴を丸裸にし、これまでの行為を後悔させるのが一番いいと思う。白鳥の嫌がることをして、じわじわと蛇の生殺しのようにする。警察に突き出すのも一つの手だが、証拠がそろわなければ、受け付けてもらえないだろう。それよりは、ぼく自身が法に代わって刑を執行したい。

ぼくはまず第一段階として、「月刊推理」の編集部にコンタクトを取ることにした。ぼくの作品の選考の件も気になっていたし、白鳥の盗作の一件を「月刊推理新人賞」の係に伝えておきたかったのだ。そうやって、白鳥翔の包囲網を徐々に狭めよう。敵の慌てるさまを想像して、ぼくの気分は最悪の状態をいくらか脱した。

午後九時だった。今日は祝日なので、編集部には明日電話することにした。焦りは禁物である。明日からの行動のために、寝ながら、じっくりプランを練ることにしよう。

長旅の疲労と精神的な疲労が重なっていたが、暗闇の中でも目は冴えていた。

白鳥翔め、今に見ていろよ。

一月十六日

朝の十一時に「月刊推理」の編集部に電話を入れた。

「はい、こちら『月刊推理』です」

若い女の声だった。ぼくは腹に力を入れる。

「月刊推理新人賞について、お伺いしたいんですが、担当の方をお願いします」

「わたしでわかる範囲でしたら、お答えできます。どうぞおっしゃってください」

「ぼく、今度の賞に応募したんですけど、通知がないので、どうなったか知りたいんですけど」

「あのう、そういうことでしたら、お答えできないことになっているんですよ」

女の声が急に事務的なものになった。

「どうして……」

「応募要項にも、『応募後のお問い合わせには応じられません』と書いてありますでしょう」

「それはそうですけど、これはそんな簡単なことではすまされない問題なんです」

「どういう理由か存じませんが、一度規則を破ってしまうと、歯止めがきかなくなってしまいましてね。現に、あなた様のように選考結果を聞いてくる人が多くて、わたしどもでも困っているんですよ」

女は諭《さと》すように言った。

「じゃ、言い方を変えましょう」

った。

「受賞作について、不正があったと言ったら、どうですか」

ぼくは相手の融通のなさに少し焦《じ》れて、核心をずばりと言った。果たして反応があった。

「失礼ですが、何をおっしゃりたいんですか?」

女は苛立ってきたようだった。

「ですからね、今度の受賞作は問題が多いんですよ。白鳥翔の『幻の女』のことですけどね」

「どこがおかしいんですか」

相手は気色《けしき》ばんだ。「わたしどもは厳正な審査をやっていますし、傍《はた》からとやかく言われるようなことはやってないつもりです」

「じゃ、言いましょう」

ぼくはここが大事だと思い、息をついだ。「実はね、『幻の女』は盗作なんですよ」

「なんですって」

「盗作なんですよ、盗作」

ぼくは噛《か》んで含めるように言った。すると、女の声が高くなった。

「どういう根拠があるんですか。外国の作品にも同じタイトルのものがありますけど、ストーリーは全然違いますよ」

「あなたの言うのはウイリアム・アイリッシュの『幻の女』でしょう?」

「ええ、そうですけど」

「ぼくの言うのは、別の『幻の女』なんです。白鳥翔はぼくの書いた『幻の女』を盗作したんです」

「ちょ、ちょっと、失礼ですけれど、あなた、どちら様ですか?」

女が慌て出した。

「山本安雄と申します。と言ってもご存知ないでしょうけど、白鳥翔に聞けば、ぼくのことを知っているはずです」

「山本さんとおっしゃいましたね、どういうおつもりか知りませんけど、あなた、これは……」

女の声が突然途切れた。受話器を口から離したらしい。耳をすましていると、女の近くにいる誰かが女に何事かと訊ねているのだった。声は小さいが、会話の内容は受話器からはっきり聞き取れた。

「どうしたの?」という男の声。

「おかしな人なんです」と女が答える。

「何が？」

「だって、白鳥さんの『幻の女』が盗作だって言うんですよ」

憤懣《ふんまん》やるかたないという女の口調。

「適当にあしらっておけよ。世の中には妄想癖の人間が多いんだから」

「だって、頭に来るんですもの。わたし、もういやです」

「わかった」

そんなやりとりを聞いていて、ぼくのほうこそ頭に来た。相手の会話にさらに一人が加わって、今度は三人で話しているのが聞こえる。いい加減にしろ、ぼくは怒って受話器に怒鳴りつけた。

「おい、聞こえるか、ちょっと……」

「もしもし」

低音の落ち着いた男の声が聞こえてきた。「話の内容は大体聞きましたけど、白鳥翔氏が盗作したとは、あなた、一体どういうおつもりなんですか」

「ぼくは本当のことを言ってるだけですよ」

「それを証明する何か証拠がありますか。あったら、見せてもらいたいものですな」

男はかすかに含み笑いをしている。ぼくを最初から頭がおかしいと思っているのだろう。

「え、それは……」

ぼくは言葉につまった。証拠があるかといきなり聞かれて、一瞬考えこんでしまったのだ。ぼくの書いた原稿と城戸の打ったワープロの原稿は白鳥翔が電車内で拾っているし、新たに書きおこした原稿のコピーも白鳥に奪われている。今、手元に証明するものはないけれど……。

「あ、あります」

ぼくは急に思いついた。

「何ですか、それは？」

「ぼくの書いた『幻の女』の原稿です」

「ほう」

「そちらに送っているはずです。月刊推理新人賞係あてに、ぼくの原稿が届いているはずです。それと白鳥翔の『幻の女』を比較してみればわかると思います」

やったという気分だった。これで何とかなるぞ。

「いつ送ったんですか？」

「去年の八月三十一日です。締切当日の晩、ぎりぎりに発送しました」

「ほう、そうですか」

相手はけたたましく笑った。「じゃ、切りますよ。私は忙しいんです」

「ちょっと、待って」

電話が乱暴に切られた。ぼくはフックをガシャガシャいわせたが、無駄だった。耳元から、やがてツーンという音が聞こえてきた。

畜生、何という男だ。仮にも、ぼくは賞の応募者なんだし、「月刊推理」の愛読者でもあるんだ。信じられないくらいすげない応対に、ぼくは度を失った。こうなったら、直接、編集部に乗りこむしかないと思った。

くそ、頭に来るぜ！

一月二十日
「月刊推理」の編集部は、飯田橋駅の北側、立体歩道橋をわたってすぐのところにあり、十階建ての細長いビルの三階の、フロアーの半分を占めていた。受付ごしに見ると、十人ほどの編集部員が乱雑に本や資料が積まれた机に向かって忙しそうにしている。

　ぼくが受付に来意を告げると、数分ほどして三十代後半の痩《や》せぎすで不健康そうな顔色の男が出てきた。見るからに編集者タイプで、度の強い眼鏡の奥から鋭い視線がぼくを値踏みするように射た。

「山本安雄さんとおっしゃいましたね、私は副編集長の藤井茂夫と言います」

　藤井という男は名を名乗ると、ぼくを応接室に招じ入れ、向かい合わせのソファーにかけた。その声で、この前の電話に出た男だとわかった。ぼくは早速用件を切り出した。

「四日前に、お電話した件ですが」

「ああ、あれね。白鳥氏のことだったら、別に問題はないと思いますがね」

　藤井は煙草に火をつけ、煙をゆっくり吐き出した。指にペンダコができている。

「電話の話では、証拠として弱いんじゃないかな」

　彼が口許に蔑《さげす》むような笑いを浮かべたので、ぼくも負けずに言い返す。

「いいえ、白鳥翔は盗作者です。ぼくの原稿を盗んだ卑劣な男です」

「ほう、盗作者とは、おだやかじゃないですね。それだけのことを言うからには、よっぽどの理由があるんでしょうな」

「実を言いますと、どじな話なんですが、ぼくの友人がぼくの原稿を電車の網棚に忘れてしまったんです」

「それはそれは、大変だ。で、それが白鳥氏とどう関わるのですか？」

「白鳥がその原稿を拾って、そのまま応募したんです」

「ほう、何とも不思議な話ですな」

藤井がぼくの話を全然信じていないことは、その目を見ればわかる。

「嘘のような話なんですけど、本当なんです」

「そのお友だちは、あなたの話を証明してくれますか？」

「友人は城戸明と言いますけど、死にました」

「死んだ？」

藤井が初めて興味を抱いたようだった。

「ええ、殺されたんです」

「ほう、殺された。誰に？」

「白鳥翔にです」

「ちょっと、山本さん、それはちょっと聞き捨てなりませんな」

藤井は吸いかけの煙草を灰皿に強く押しつけると、身を乗り出してきた。目つきはぼくの体を射抜くほど厳しかった。

「そこまで言うと、もう冗談ではすまされないな」

「お信じにならないかもしれませんが、城戸は『幻の女』の中に書かれているような状況で死んでいたんです」

「と言うと？」

「浴槽で溺死《できし》していたんですよ」

「『幻の女』の中には、確かにそんな場面があったが」

「城戸は殺されたんです」

「白鳥氏にかね？」

藤井の言葉遣いが急にぞんざいになった。

「そうです。白鳥は城戸が『幻の女』の原作者だと思いこんで殺したんです」

「だが、あなたが原作者じゃないの？」

「そうです、白鳥は間違いに気づいて、今度はぼくを殺そうとしました」

「でも、君は生きているじゃないか。何か話が見えなくなってきたな」

「ぼくは危うく死にかけて、しばらく病院に入っていたんです」

「作り話もそこまでいくとねえ」

藤井は次第にいらいらしてきたようだった。ぼくは説明すればするほど話がもつれることに焦りを覚えた。嘘みたいな話であることは、自分でも承知しているだけに、それを相手に信じさせることが難しいのだ。

「白鳥氏が盗作者ということまでは冗談ですまされるけど、殺人者よばわりするとなると、話が違うな。あなた、これは笑ってすまされないよ」

藤井の声には明らかに威嚇《いかく》する響きがあった。

「ぼくは、本当のことを言っているだけです」

「そうかな、じゃあ、どうして警察に届けないんだね。殺人なら、そうするのが一番いいと思うのだが」

「警察が信じてくれるとは思いません」

「そうだろうな。ぼくだって信じられないもの、そんな話」

話せば話すほど、ぼくの話は要領を得なくなっていく。蟻地獄に落ちこんだような苛立ちを覚えた。

「ちょっと用があるから、ぼく、この辺で失礼しますよ。あなたも今日のところはあきらめて帰ったらどうですか」

藤井が、もうこれ以上、関わってはいられないとばかりに腰を上げた。

「待ってください」

ぼくは必死だった。言いたいことをはっきり伝えられないもどかしさ。

「まだ、話があるのかね」

「は、はい。ぼくの原稿を読んでいただけますか。去年、賞に応募したんです」

「電話でも、そんなことを言ってたね」

「ええ、それが『幻の女』という作品なんです」

「それが、白鳥氏の『幻の女』と同じなわけね？」

藤井はうすら笑いを浮かべて、再び腰を下ろした。

「そうです」

「白鳥氏は君という原作者がいるのに、応募したらばれるとは思わなかったのかな」

「ですから、それはですね。白鳥はぼくを殺したと思いこんだから、ばれないと思ったんです」

「あなたもそれだけの想像力があるのなら、ミステリーを書いて応募したらどうかな。今年の締切も八月三十一日だから」

藤井はぼくのことをばかにしきっていた。ぼくも後には引き下がれなかった。

「では、ぼくの『幻の女』に今、目を通していただけますか」

「今、忙しくってね」

「そこを何とかお願いします」

藤井は少し考えていたが、ついに折れた。

「わかった」

彼は応接室を出ていって、しばらく帰ってこなかった。その間、若い女が応接室に入ってきて、お茶を置いていった。彼女はぼくのことを興味深そうに見ると、引き下がっていった。彼女はぼくを見るためにわざわざ来たのだろう。この前、最初に電話で応対した女だと直感した。

十分ほどして、藤井がもどってきた。彼はぼくの前に茶封筒を乱暴に放り投げた。

「これ、あなたの原稿でしょう?」

「そうです」

封筒の表に見覚えのある字が目に入った。「月刊推理新人賞係」とサインペンで書いた稚拙なぼくの文字。封はすでに切ってあった。

「ざっと読ませてもらいましたよ」

「どう思いました?」

「別に」

藤井はぼくの視線を意識的に避けていた。そして、「じゃあ、ぼくはこれで失礼しますよ。あなたもこれに懲《こ》りずにまた賞に応募してください」

と言った。

「どういう意味ですか、それ？」

ぼくはいきり立った。

「文字通りの意味ですよ。じゃあ、これから人と会う約束があるから……」

彼はぼくに背を向けた。

「信じてください」

ぼくは藤井をこのまま逃がしたくはなかった。逃がしたら終わりだと思った。慌てて彼のワイシャツの袖《そで》を引くと、ボタンが弾け飛んだ。藤井はふり向いて、ぼくの胸ぐらをつかんだ。

「何をするんだ。黙って帰ればいいが、さもないと警察を呼ぶぞ」

藤井の断固たる口調に、ぼくの意気はしぼんだ。信じてもらえなかった悔しさ。それに反比例して、白鳥翔への憎悪の念はさらに強まった。

がっくり肩を落として「月刊推理」のビルを出た時、一陣の冷たい風がぼくの頬に吹きつけた。非情な風。無力な自分が情けなかった。

ふと、藤井に突き返された封筒に目が行った。

王子局の消印。スタンプの日付は「9—1　6—12」とあった。八月三十一日の消印ではなく、九月一日のものだったのだ。

二　倒錯の接触

1

　二月二日、白鳥翔は瀟洒《しょうしゃ》なマンションの一室で目を醒ました。カーテンの隙間から日光が忍びこんでいるところを見ると、お昼に近いようだった。

　ベッドから身を起こすと、隣に寝ていた立花広美が寝返りをうち、白鳥に露わになった胸を見せた。形の整った張りのある乳房が、昨夜の愛の営みを思い起こさせる。小さい体のどこにあれだけの情熱が秘められているのだろう。白鳥は恥じらいもなく乱れる彼女の肉体に溺れた。別れた妻との味気なかった生活を思うと、こんな可愛い女を愛せる自分の現在の境遇が信じられなかった。新人賞の受賞が機縁で知り合った彼女だったが、白鳥の生活に彼女は今や欠かせない存在だった。

　月刊推理新人賞といえば、推理小説作家への登竜門であるが、白鳥自身、賞金の一千万円と印税さえもらえればいいと思っていた。ところが、マスコミなどで白鳥翔の名前が受賞者として発表されてから、彼の運命は自分の思惑だけで動くものではないことがわかった。新たに「白鳥翔」という別個の個性が生まれ、それが彼自身と関係なく勝手に一人歩きしていたのである。

授賞式後のパーティーでは、推理小説界の錚々《そうそう》たる作家たちの祝福を浴び、マスコミ各社の取材を受けた。「月刊推理」の編集者以外は誰も『幻の女』を読んでいないはずなのに、口々に長編を書いてほしいと言った。それだけ今の出版界が過当競争に入っている証拠なのだろう。

「私の作品を読んでもいないのに、いいのですか。作品の傾向もわからないでしょう」

白鳥が聞くと、

「白鳥さんの実力は先生方のおほめの言葉を聞けばわかります。ぜひうちに書いてください」

という答えが返ってくる。

そのことからも、白鳥にはこの賞の威力がすさまじいことがわかった。彼自身、予想外のなりゆきに啞然《あぜん》とし、パーティーの熱気に呑《の》まれたまま名刺を受けていたのだが、後で数えてみると、十五枚もあった。十五社から長編執筆の打診があるなんて信じられなかった。

編集者たちは、またこうも言った。

「白鳥さんの将来は、二作目で決まりますよ。受賞第一作の成否いかんで、『幻の女』が本当の実力だったかわかるし、またそれが出版社から認められるか見限られるかの運命の分かれ目でもあるんです」

「任せておいてください」

白鳥は、その場の異常な興奮状態と酒の酔いも手伝って、よせばいいのに、

「必ず、『幻の女』を超える作品を書きます。いや、書いてみせます」

と大見得を切った。その時点で、将来への展望など何もなかったにもかかわらず……。

授賞式の翌日からは電話が鳴りっぱなしだった。ふだんはめったに電話もないのに、彼はその応対に大わらわだった。祝電は来るし、デパートからの配達品も来る。すべてはマスコミ関係からのものだった。いつもは挨拶も交わさない隣の住人も何事が起きたのかと、目を白黒させていた。ペンネームの白鳥翔が、まったく別の人格を持った人間として、彼の及ばない世界へと一人で動き出していると、彼はその時初めて知ったのである。

白鳥は応募の際、自分の過去が暴《あば》かれるのを嫌い、経歴や本名を偽って書いていたから、親戚も知人も誰も白鳥が賞を取ったことは知らなかった。彼自身としても、絶対に知られたくなかったので、受賞後間もなく文京区白山の住宅街の中にある高級マンションを借りたのだった。

その日から、彼は本名と過去の一切を捨て、名実ともに推理作家・白鳥翔になったのである。彼の正体を知っているのは、おそらく税務署と区役所くらいのものだろう。

白鳥は自分が短気で粗暴な性格だと認識していた。作家になったのをきっかけに、性格も意識的に変えようと努めた。そして、髪型を変え、銀縁の眼鏡をかけ、鼻の下に髭を生やすと、不思議に自分が作家であり、インテリ臭く見えてくるから不思議だった。

作家という肩書があると、人は色眼鏡をかけて見るから、彼の実像は知りようがない。彼は今度のマンションでは隣近所に届け物をし、出会った時は挨拶をして人あたりのいい作家だという印象を与えることに努めた。

別れた妻が今の変身した彼を見たらどう思うだろう。想像しただけで笑いが込み上げてくる。

しかし、そうした慌ただしい日々がすぎると、白鳥は自分の置かれた厳しい立場に改めて気づいた。受賞第一作を書くという課題が、彼の肩に重くのしかかってきたのである。いくつもの出版社に安請け合いした自分が、今や呪わしく思えてきた。

その時、枕許の電話が鳴り、ふと物思いを断ち切られた。

受話器を耳にあてると、聞き慣れた声がする。「月刊推理」の副編集長の藤井茂夫だった。

「白鳥さん、ぼくだよ」

「やあ、どうも」

「元気そうじゃないの。その後どう、原稿ははかどっていますかね」

「まあ、ぼちぼちってところです。構想中です」

「構想中はもう聞き飽きてるなあ。まさか、他社に先に渡すなんてこと、なしよ」

「あたりまえですよ。おたくに優先的に渡しますから、心配しないでください」

「長編はともかくとして、短編の第一作も書けないなんていうと、すぐに読者に忘れられてしまうからね。この世界、競争が激しくてシビアなんだから」

藤井の言うことは辛辣《しんらつ》である。

「ええ、わかっています」

「締切は来月の十日だから、それまでにもらえないと困るんだよね」

「絶対間に合わせますから安心してくださいよ」

「きっとだよ。期待してるんだから」

藤井はそこまで言うと、急に声を改めた。「あのね、それから白鳥さんの耳に入れておきたいことがあるんだけど」

「もしもし、ちょっと声が小さくて聞こえないんですけど」

白鳥が聞き返した時、そばで寝ていた広美が大きく伸びをして、目を開けた。

「おはよう、翔さん」

広美はまだ寝ぼけている。彼女の声が藤井の耳に届いたらしい。

「ちょっとちょっと、白鳥さん、そこに誰かいるの？　女の声が聞こえたように思うんだけど」

「え、いや、何でもないです」

白鳥は慌てて広美の口を手でふさいだ。「しー、静かに。電話なんだ」

「なーに、翔さん」

広美が白鳥の胸に素っ裸のまま寄りかかってきた。

「おいおい、やってくれるじゃないの」

受話器の中で藤井が笑った。

「いや、違うんです。い、今、テレビをつけてるんですよ」

「おい、まだ昼のメロドラマをやる時間じゃないよ。じゃあ、おとりこみ中のようだから、午後にでもそちらに伺いますよ。いいでしょう？」

「いや、今、話してください。こちらはかまいませんから」

「そちらがかまわなくても、こちらはかまうの。じゃあね」

藤井の笑い声がプツンと途切れた。

「だめじゃないか」

白鳥は広美の額を指でつついた。「大事な仕事の電話なんだから」

「どうして。まだ朝じゃないの。向こうが非常識なんだわ」

「おい、おまえねえ」

「だめ」

彼女がくすっと笑って、白鳥に甘えかかってきた「ね、遊ぼう」

「しょうがねえなあ」

白鳥は彼女をベッドに組み伏せた。彼は広美の甘ったれた声に弱かったのだ。

立花広美と白鳥が知り合うきっかけは、彼女が『幻の女』を読んで熱烈なファンレターを寄せてきたからだった。二十三歳、フリーライター。自分のスナップ写真とお見合いまがいの自己紹介文も同封されていた。

彼好みの女の子なので食指が動いた。今までの無名の彼なら誰も寄りつかないのに、一つの賞を取ったことでこうも違ってくる。これも役得か。賞の威力、いやマスコミの力の恐ろしさをつくづく感じた。

新宿の喫茶店で明るいうちに会い、スナック、バーと移動して、その日のうちに行きつくところまで行ってしまった。最初は遊びのつもりだったが、次第に彼女に引かれるようになった。特に、彼は受賞後の百八十度変わった生活に気持がすさんでいたので、無邪気な広美の性格に心慰められるものがあったのである。彼女がいなかったら、今のような生活は耐えられなかったかもしれない。

広美は週に二回ほど白鳥のマンションに泊まった。ある時、マスコミの取材があって、たまたま彼女が居合わせた。その時、彼女のほうから「私、フィアンセなんです」と冗談半分に言ったことから、週刊誌にちゃんとフィアンセとして紹介されてしまった。

しかし、白鳥自身も、彼女と結婚してもかまわないと思っていたから、特に抗議をするということもなく、なりゆきに任せていた。

それよりも、彼にとって、目下、最大の懸案は小説を書くことであった。今までは「構想期間」とか「私は遅筆です」とか言ってごまかせたが、そろそろタイムリミットが来ていた。さっきの電話で『月刊推理』の藤井がいみじくも語ったように、何も書かないでいると、本当に忘れ去られる。いや、非情なミステリー界なら彼を捨て去るかもしれない。推理作家は、それこそ掃《は》いて捨てるほどいるのである。

実際、『幻の女』が出版された後に、白鳥自身、頭を絞って長編のプロットを考え出したことがある。ところが、藤井にはテレビの二時間ドラマよりひどいと、こっぴどくけなされた。そのことが頭にあるので、白鳥は小説作りの難しさを痛感し、小説に対して憶病になっている。

最初はそんな彼を温かく見守ってくれていた藤井だったが、とうとう痺《しび》れをきらし、短編を来月の十日までに書くよう通告してきた。半ば強制的である。

藤井の言うには、いつ完成するかわからない長編を待つよりは、締切を決めて短編を書かせたほうが効き目があるそうだ。今日は、白鳥の尻を叩くために来ることはわかっていた。

2

朝食と昼食を兼ねた食事をすませると、広美は帰っていった。それとほとんど入れ代わるように「月刊推理」の藤井茂夫がやってきた。濃い茶色の革ジャンを着て、淡い茶色のサングラスをかけていた。

「どう、元気でやってる？」

藤井は白鳥が受賞した時に面倒を見てくれたし、最初から白鳥の担当だったので、二人だけの時は仕事の関係を越えた気安い間柄になっている。白鳥自身としても、六つ年上の藤井には腹蔵なく話をすることができた。

「女を引っぱりこんでいるくらいだから、そっちのほうは少なくとも元気なんだな。あっちのほうも元気にしてもらわないと、担当者としてのおれの立場がなくなるよ」

「大丈夫ですよ。絶対に締切には間に合わせますから」

藤井は応接間のテーブルに置きっぱなしになった二つの空のカップに目を止めた。白鳥と広美がコーヒーを飲んで、そのままにしてあったものだった。

「広美という子だろう。お熱を上げるのもいいけど、そろそろ動き出してもらわないと、困るんだよ」

「締切は来月でしょ、短編だったら任せておいてくださいよ」

「『幻の女』の人気で、本がまだ売れているからいいけど、売れ行きがぴたっと止まってごらん。こんなマンションには住めなくなるよ」

藤井は容赦なく厳しいことを言う。彼は部屋の中を見まわして、ちょっと高そうな調度類に批判的な目を走らせた。

「スランプだと思うんです」

白鳥は控えめに自己分析をした。

「あのね、スランプというのは、ベストセラー作家が書けなくなった時に言うものなのね。駆け出しの新米作家にはスランプはないの。そういうのは、たまたま第一作がまぐれ当たりした一発屋って言うんだ」

かなりシビアな言い方である。「あんたの場合はちょっとブランクが長すぎるから、おれも心配なんだ。現にうちの編集部には白鳥翔の第二作はどうなっているかという問い合わせがけっこう来るんだからね」

「へえ、そんなにあるんですか」

「ああ、そうなんだ。それからね、あんたの耳にもちょっと入れておきたいんだけど、十日くらい前、変な男が編集部にやってきたんだ」

「変な男？」

「そう、あんたの書いた『幻の女』が盗作だと言ってきた」

「盗作？」

白鳥の体が一瞬動きを止めた。「何ですか、そいつは？」

「ああ、若くて、一見真面目そうに見えたけど、その男が書いた『幻の女』をね、あんたがそっくり盗作したと言い張るんだ」

「それで、藤井さんはどうしたんです？」

「こっちも黙っちゃいられないから、証拠を見せろと言ったんだ」

「…………」

「そいつ、何と言ったと思う？」

藤井が白鳥の顔をのぞきこんだ。

「さあ……」

「自分が書いた応募原稿を見てくれと言った。去年の賞に『幻の女』を応募したんだってさ」

白鳥の胸が怪しく騒いだ。

「で、その男の原稿はあったんですか？」

「あった」

藤井は煙草に火をつけた。「あんたの作品とほとんど同じ内容だったよ。おれのにらんだところ、そいつは頭がおかしいんだな」

「名前は言ってました？」

「確か、山本安雄と言ってたかな」

「山本安雄……」

白鳥の目は、藤井の背後にあるガラス戸付きの豪華な書棚の辺りをぼんやりさまよっていた。

「白鳥さん、そいつのことを知っているのか？」

藤井は白鳥の顔を興味深そうに見た。

「い、いや、ちょっと……、どこにもある名前だと思ったものだから」

「そうか、それなら安心だ。山本なんて、ありふれた名前だもんね」

「それで、そいつはおとなしく帰りましたか？」

「言いがかりつけるなと言って追い返した。だって、あんたの原稿のほうが発表が早いんだから当然だろう。今どき多いんだよ、ああいう頭のおかしい手合いが……」

「そうですね」

白鳥は相槌《あいづち》を打った。

「ねえ、どうしたの。そいつのことが、そんなに気にかかるのかい？」

白鳥の態度が気になったのか、藤井が聞いてきた。

「いや、何でもないですよ」

「まさか、盗作したんじゃないよね」

「じょ、冗談じゃない」

白鳥は顔を真赤にして怒った。「『幻の女』は、ぼくが三年もかけて書き上げたんだから。変な言いがかりつけないでください。そんなわけのわからない男の言うことなんか……」

「だって、そう言われたって仕方がないぞ。おれだって、『幻の女』はひょっとしたら盗作じゃないかって思い始めているんだ」

「ど、どうして？」

「『幻の女』以降、あんたが何も発表していないのが一つの理由さ。短編一つ書いてないんだからな。これは誰が見ても『幻の女』はまぐれ当たりだと思うよ」

「一度、プロットを作ったことがあるじゃないですか」

「あんな箸にも棒にもかからないの、小説のうちに入らないよ」

「そんな……」

白鳥は激昂した。「いくら藤井さんだからって、言っていいことと悪いことがある」

「まあまあ、怒りなさんな。冗談だよ」

藤井は笑って手で白鳥を制した。「だからさ、そう言われないためにも、あんたには書く義務があるんだ。そうでしょ？」

「そりゃ、そうだけど」

「悔しいだろ。盗作者なんて噂が広まったら、大変だぞ」

「わかりましたよ、絶対書いてみせます」

「ぜひそう願いたいね。こっちも応援を惜しまないから」

藤井は帰る時、白鳥の肩を元気づけるようにぽんと叩いた。

「おれは白鳥さんの才能を信じているからね」

藤井の姿が消えた時、白鳥はソファーにぐったりともたれかかった。

「くそ。私を盗作者よばわりするなら、書いてやろうじゃないか。絶対に書いてみせる」

白鳥は両こぶしに力を入れた。

3

二月半ばになっても、『幻の女』は依然ベストセラー街道を驀進《ばくしん》していた。発売早々、ベスト10にランクインし、続々と版を重ねている。現在二十万部を超え、全国の書店から注文が絶えないことから、なおしばらくは快調に売れていくように見えた。

本の帯には「ウイリアム・アイリッシュの名作を凌ぐサスペンス大作」と謳《うた》ってあり、売れっ子のイラストレイターの手になる斬新なデザインのカバーも話題を呼んでいた。書評も概《おおむ》ね好意的に取り上げている。「十年に一つの傑作」とか、「新しき古典」といった賛辞が目を引いた。

白鳥翔はそうした予想外の評価に戸惑いつつ、今、マンションの応接間兼仕事場で次作の構想を練っている。『幻の女』の売れ行きが凄まじいだけに、読者からの第二作を期待する声が大きく、それに応えるべくアイデアをひねり出そうと、ここ何日も頭を抱えこんでいるのである。しかし、まったく呆れるほど何も浮かんでこない。ストーリーの断片すら出てこなかった。

彼自身、賞を取ってしまえば、何とかごまかせると思っていたが、白鳥翔の名前だけが高くなり、周囲からの期待に押しつぶされそうだった。賞金と印税だけもらって、思いきり遊ぼうなんて考えは甘かった。

もともと物事に集中できないタイプなので、机に向かうのも苦痛である。最近では、また名前を変えて、どこかへ逐電《ちくでん》してしまおうとも真剣に考えている。口髭を剃って、眼鏡を取り、髪型を以前の右分けにすれば、まったくの別人、いや元の普通人にもどれるのだから。

ただ捨てるにしのびないのは、快適なマンション生活と立花広美だった。せっかく手に入れたものをなくしてしまうのはもったいない。わずかの間だったが、白鳥の体は早くも贅沢《ぜいたく》に馴れていた。元の平凡な生活にもどることは、思っただけでも身震いがした。

ふと思いついたのは、どこかの田舎に家を借りて隠遁《いんとん》生活を送ることだった。自然人と称して、悠々自適の生活を送る。最近は都会を脱出する人間も増えていることだし、案外時流に乗っていることなのかもしれない。そこで、エッセイストとなって、山野の生活を簡単に書き綴《つづ》る。その程度のことなら、彼にも何とかできそうな気がした。白鳥翔の名声があれば、文は多少下手でもごまかせるだろう。

退屈かもしれないが、以前のみじめな生活と比べれば、やはり天と地ほどの差はある。さあ、どうしたものか。真白な原稿用紙を見つめながら、彼はそういうつまらないアイデアならすぐ思いつくのにと一人苦笑した。デスクの上のほんのわずか残ったウイスキーの水割りを飲みほし、氷を口の中で砕いた。窓からは小石川植物園の広大な緑が目に入った。日は大分、西に傾いている。

電話が鳴った。時計を見ると、午後四時だった。

また、原稿の依頼か催促の電話かと思うと、うんざりした。今では電話の音を聞くだけでも脅えるようになった。広美だといいんだがと、かすかな期待をもって受話器を取った。

「もしもし、白鳥さんですか」

聞き覚えのない男の声。少しねっとりしていて神経質そうな響きがある。白鳥は生理的な嫌悪を感じた。

「はい、白鳥ですが」

「ぼくです、山本です」

男は旧知の間柄のように、なれなれしく声をかけてきた。

「は、どちらの山本さんですか?」

「山本安雄ですよ、あなたのよくご存知の」

「あ」

一瞬の間。白鳥は「月刊推理」に抗議に行った山本安雄の話を思い出した。編集部の藤井は山本を追い返したそうだが、山本はついに白鳥に鉾先《ほこさき》を向けてきたのか。

「驚きましたか？」

「山本さんと言ったな、私は君のことを知らないぞ」

「へえ、とぼける気ですか？」

「とぼけてなんかいない」

「声が震えていますよ」

山本が無気味に笑った。

「何の用だ？」

「あくまでも、しらを切るつもりなんですね。じゃ、言いましょう。白鳥さん、あなたはぼくの作品を盗作した」

藤井の話であらかじめ予想はしていたが、ずばりと言われると、白鳥も心穏やかではなかった。

「な、なんだと、何を根拠にそんなことを言うんだ。いい加減なことを言うと許さないぞ」

「ほう、許さないですか、人の原稿を横取りした人が、よくそんな言葉をぬけぬけと吐けますね」

「おまえ、頭がおかしいんだ」

白鳥は山本の言葉に狂気を感じた。

「ぼくの頭がおかしいというんですね」

「だって、そんな夢みたいな話で言いがかりをつけてくるなんて、とても正気とは思えないじゃないか」

「夢でないことは、白鳥さんがよくご存知のはずだ。白鳥翔か、いい名前だな。ペンネームをつける才能だけはあるようですね」

白鳥の頭にかっと血がのぼった。何を言っても相手には通用しそうもなかったからである。

「君の狙いは何なんだ。なぜ、私が君の作品を盗まなくちゃならないんだ。言っておくが、私のほうが先に書いたんだぞ」

「先に書いたというより、先に発送したといったほうが事実に近いと思うんですけど」

「ばかばかしい、私は忙しいんだ。切るぞ」

「ちょっと待ってくださいよ。そんなに慌てるところを見ると、やはり怪しい。あなたには、やましいことがあるんですよ、きっと」

「おい、いちいちからんでくるな。用があるなら、さっさと言ったらどうだ」

「わかりました。そうこなくちゃ。ぼくと会っていただけませんか」

「何のために？」

「あなたの言い分を聞くためです。あなたは、ぼくの原稿を盗み、ぼくの親友を殺したばかりか、ぼくまでも殺そうとしました」

「嘘だ。勝手に人殺しよばわりするな」

「あなたの出方次第では、ぼくにも覚悟があります」

「どうする気だ」

「あなたをめちゃくちゃにする。今の名声も何もかも……」

「ばからしい。じゃ、どうして警察に訴えないんだ。警察を通じてなら、私も喜んで相手になってやる。何もやましいことはしてないんだから」

「警察はぼくの言うことを信用してくれません。友人殺しの疑いをぼくに向けてきたくらいですからね」

「ほら見ろ、警察だって、よくわかっているんだ」

白鳥は笑い飛ばそうとしたが、痰《たん》がからんで、かすれた声が出た。

「会っていただけますか？」

山本は執拗《しつよう》に食い下がる。

「その必要はない。だいいち、それだけの妄想が浮かぶなら、君は小説のネタに困らないじゃないか」

「ぼくをからかうんですね」

「君は『月刊推理』の編集部にも行ったそうじゃないか。藤井さんに聞いたぞ。彼から原稿を突き返されたそうだね。その腹いせとちがうのか？」

白鳥がそう言うと、相手が少しひるんだ。

「あの副編集長もグルになっているんです」

「いや、まともな人なら、誰だって、君がおかしいと思うさ」

白鳥はようやく落ち着きを取りもどしてきた。形勢も次第に相手より優位に立ちつつあった。

「どこにでも好きに訴えたらどうかね。白鳥翔は盗作者だとね。受けて立とうじゃないか」

「……………」

「誰も信用するものか。こっちは名の知れた作家なんだし、君は名もない万年落選者だ」

白鳥は調子に乗って相手を挑発した。急に愉快な気分になった。

「く、くそ……」

受話器の向こうの山本は度を失い、言葉をつまらせた。

「じゃ、切るよ」

「ま、待ってくれ」

白鳥は受話器を置いた。切る寸前まで山本のわめき声が聞こえた。

厄介者を撃退したはずだが、白鳥の心の中には後味の悪いものが澱《おり》のように残った。

三　倒錯の殺意〔山本安雄の手記〕

二月十二日

白鳥翔——目指す敵の声を初めて電話で聞いた時、ぼくの胸は高鳴った。そして、かねてから考えていたように用件を切り出すと、電話の向こう側で相手が動揺するのがわかった。それを無理に隠そうとしているのだが、震えを帯びた声がすべてを裏切っていた。

ぼくはこの時、白鳥翔が卑劣な盗作者であり、殺人者であることを確信した。

ぼくは公正な立場で、相手に弁明の機会を与えようと、会って話し合うことを提案した。釈明の内容によっては、情状酌量の余地があるかもしれない。城戸を殺した件についても、殺意はなく、つい手がすべってしまったということも考えられるからだ。それに、ぼくの『幻の女』を盗作したこと、ぼくが実作者であることをすべて認めるのならば、城戸殺しに関しては不問に付すつもりでもいた。

ところが、白鳥は盗作を否定したばかりか、ぼくの頭がおかしいと愚弄《ぐろう》した。許せなかった。この罪は万死に値する。ただの復讐ではあきたらない。彼を精神的にじわじわと責めつけ、自分の犯した罪を後悔し、ぼくに屈伏するまで痛めつけ、最後は闇に葬るのだ。

ぼくはアパートの一室で、おふくろが送ってくれた綿入れのチャンチャンコを着て、コタツに入りながら白鳥攻撃のプランを練り始めた。ストーブもなく、冷えきった部屋にいても寒さは少しも感じない。ぼくがこうしている今、高級マンションでぬくぬくと暮らしている白鳥を思うと、怒りで全身の血がたぎった。

精神的に白鳥を攻める方法、すなわち奴を内側から崩す方法。
①電話——しつこく電話をかける。これは初歩的だが、効果はありそうだ。
②手紙——マスコミに告発状を送りつける。「月刊推理」のように相手にしないところもあるだろうが、数打ちゃ当たるはずだ。写真週刊誌などもいけそうだ。
③貼り紙——マンションに白鳥の悪行を書いた紙を貼りつけたり、各部屋にビラを投げこむ。奥さん連中は噂好きだから、面白く発展する可能性は大だ。
④婚約者——週刊誌に紹介されていたあの女。彼女に白鳥に関する疑惑を植えつける

のも効果はありそうだ。具体的なプランについては、要再考。そのうちにいいアイデアが浮かぶだろう。

白鳥翔に対する憎悪が数々のアイデアを思い浮かばせる。推理小説のストーリーを組み立てるより、ぼくには悪事を働く才能のほうがあるのではないだろうか。いや、真の推理作家の下地があるからこそ、アイデアが豊富に湧いてくるのだろう。この調子なら、作家として一本立ちしても、何とか食っていけそうな気がした。

そこまで考えて、ふと白鳥の今置かれている立場に思いを馳せた。

白鳥の場合、偶然に手に入れた原稿が当選して作家になってしまったが、もともとは書ける素質はないのだから、次の小説ができるはずがない。実際のところ、どの小説誌を見ても、白鳥翔の作品を見かけたことはないではないか。今は「第二作を構想中だ」の一点ばりで逃げることはできるが、そのうちに、それではすまされなくなる。彼自身も、内心では非常に焦っているにちがいない。そのあたりを突くと、意外に簡単に〝敵〟は陥落するかもしれない。

展望がやや明るくなってきた。早速、今夜から作戦開始といこう。

午前零時。白鳥に電話すると、受話器が即座に取られた。

「広美か」

電話を待っていたような口ぶりだった。

「広美さんじゃなくて、悪かったですね」

「誰だ？」

「おや、もうお忘れですか。さっき電話で話したばかりなのに。そんな記憶力でよく小説が書けますね」

「山本か」

「そうですよ、盗っ人野郎」

「こんな時間に非常識だぞ」

「泥棒のほうが、もっと非常識だと思いますがね」

「訴えるぞ」

「ああ、どうぞ、訴えなさい」

ぼくは受話器を下ろした。気分がよくなる。それから、一時間おきに電話をかけることにした。

午前一時。

「はい、白鳥……」

眠そうな声が出る。寝入りばなを起こしたようで、相手の機嫌はすこぶる悪い。

「もしもし、モーニング・コールです」

すぐに、相手はぼくの声に気づいた。

「おい、何のまねだ。今、何時だと思っているんだ？」

「お寝《やす》みでしたか。そんな悠長なことでいいんですか。原稿は夜に書かないとね」

「大きなお世話だ。私は明るいうちに書くんだ」

「ほう、何を書くんですか。あなたに小説を書く才能があるんですか？　盗っ人のくせに」

「うるさい」

白鳥が怒って電話を切った。

午前二時。

「もしもし」とぼくは小声で言う。

無言。そこで、ぼくは声を変えた。

「もしもし、『月刊推理』の藤井です。夜分すみません」

「やあ、どうも」

今度はすぐに反応がある。白鳥は無理に声を明るくとりつくろっていた。

「なんだ、ちゃんといるんじゃないですか。ぼく、山本ですよ」

「こいつ」

受話器が乱暴に下ろされた。

午前三時、もう一度かけた。ぼく自身も眠くなってきたので、今日はこれで最後にするつもりだった。

しかし、今度は相手は出なかった。たぶん、頭にきた白鳥が電話のコードをはずしているのだろう。電話には出版社からのものもあるわけで、いつもコードを抜いておくわけにはいかない。そこがあいつのつらいところだ。まあ、今日は一日目としては大成功。次第にあいつを電話恐怖症にしてやるつもりだ。仕事にだんだん悪影響が出てくるだろう。

いたずらはしつこく、ねちねちと。適当な潮時を見て手を引く。下手をすると、警察に訴えられかねないので、その辺も充分考慮に入れる。

二月二十日
それからしばらくというもの、ぼくは電話作戦を継続した。電話をかけても相手が出る回数が少なくなっているということは、作戦が功を奏しているのだろう。白鳥の苛立つ姿がぼくの脳裏に浮かんだ。

昨日、白鳥は電話のコードをはずしたままだったようだ。電話をかけるたびに、発信中のコールがあるばかりで、白鳥の声はついに聞かずじまいだった。留守番設定にしてくれれば、こっちの声を聞かせてやれるのだが、それもできなかった。

午前零時、この時もぼくは相手が出るのを期待していなかったが、発信音が一回鳴って、すぐに受話器がはずされた。ぼくは身がまえる。

「はい」

ところが、聞こえてきたのは若い女の声だった。フィアンセの立花広美だなとピンと来た。ここは臨機応変に……。

「夜分、どうもすみません。白鳥さん、いらっしゃいますか？」

「あのう、申し訳ありませんけど、今、お風呂に入っています」

白鳥がその場にいたら、きっと電話に出なかっただろうが、彼は入浴中なので、経緯を知らない広美が出てしまったのだ。これはちょうどよかった。

「呼びましょうか。それとも、後でお電話をいただけますか？」

「いいえ、それには及びません。あなたのお耳にぜひ入れておきたいことがありましてね」

「わたしに？」

彼女は不審に思ったようだ。

「失礼ですけど、立花広美さんですよね」

「どうして、わたしの名前をご存知なの？」

「週刊誌で拝見いたしました。白鳥さんの婚約者でいらっしゃるのでしょう？」

「ああ、あれですか」

彼女はおかしそうに笑った。「まあ、そんなようなものですが……。あのう、どちら様ですか？」

「山本安雄と言います」

「山本さん？　わたしに話って、どんなことかしら」

「白鳥翔さんのことなんです」

「翔さんがどうかしたんですか？」

「もし、結婚するおつもりなら、およしになったらいいとお勧めしたくて」

「何ですか、あなた、何を言うかと思ったら。そんなこと、よけいなお世話よ」

彼女が急に怒り出した。

「いや、どうもすみません。お怒りになるのも当然です。見も知らぬ相手からいきなりこんなことを言われたんですから。ただ、あなたの一生に関わることですから、老婆心ながら一言忠告を申し上げようと思ったまでで」

「何なのよ、あなた。いやがらせ電話ね」

「いいえ、違います。白鳥氏の個人的秘密です」

「個人的秘密？」

彼女が少し興味を持ったようだった。しめたと思った。

「そうです。驚かれるかもしれませんが、白鳥氏の『幻の女』は盗作なんです」

「何を言うかと思えば……。そんなこと、わたしが信用するとでも思ってるの？」

「まあ、お聞きください。『幻の女』は、実はぼくが書いた小説なんです。ぼくが不注意で落としてしまったんです。それを白鳥氏が拾って……。あなたは白鳥氏が小説を書いているところを一度でも見たことがありますか？」

「そりゃ、あるわよ」

「原稿用紙をのぞいたことがありますか？」

「そりゃ……」

「ないでしょう。『幻の女』を出した後に、白鳥氏が小説を発表していますか。思い出してみてください」

「…………」

言ったことが、相手に充分浸透するのを待った。

「書けるはずがないんです。白鳥氏は原稿を拾って、それを応募しただけの男なんです。小説家としての才能など微塵《みじん》もないんですよ。あなたも物を書く人間でしたら、よくわかるんじゃないですか」

「よくも、そんな失礼なことを」

「お疑いでしたら、これから白鳥氏の行動をよくチェックしてみたらいかがですか。原稿をのぞいてみるのも面白いかもしれませんよ。そうすれば、ぼくの言ったことが決して嘘偽りではないことがわかると思います」

「嘘よ、わたしが信じるとでも思ってるの？」

「どうぞ、ご勝手に……」

その時、男の声が聞こえてきた。白鳥が風呂から出てきたらしい。

「誰？」

白鳥が彼女に聞いている。

「ううん、何でもない。間違い電話よ」

そして、電話が切れた。

成功、大成功！　彼女は、ぼくの話を疑わしいと思っているが、少なくとも彼女の心に〝疑惑〟の種子は植えつけられたにちがいない。彼女が白鳥にぼくからの電話のことを正直に話さなかったことが、それを物語っている。彼女はこれからきっと白鳥の行動をよく観察するようになるだろう。そして、必ず原稿用紙をのぞいてみる。

地味だが、着実な一歩。ぼくは満ち足りた気分で床についた。

二月二十一日

朝の十時、ぼくは白鳥のマンションの下見に出かけた。第二作戦の遂行のためには、周辺の地理をよく研究して土地鑑を養っておいたほうがいいと思ったのだ。

都営地下鉄三田線の白山駅から地上に出た辺りは坂道が多かった。白鳥のマンションは閑静な住宅街の中にある煉瓦《れんが》色の洒落《しやれ》た建物だったので、すぐわかった。一階の郵便ボックスは数えてみると、二十四ある。一階には喫茶店と花屋が入っているだけで、二階以上が住居になっているらしい。白鳥の部屋は五〇五で、「白鳥翔」という真新しいプレートが貼ってあった。

『幻の女』がぼくの名義で受賞していたら、こんなところに住めたのにと、白鳥に軽い嫉妬を覚えた。が、近い将来、白鳥の吠え面をかく姿が見られるのだから、それまでの辛抱だ。

一階の喫茶店に腰を落ち着け、レジのわきのピンクの公衆電話から白鳥に電話する。

「はい」

立花広美が出た。ぼくはそのまま受話器を下ろした。起きているかどうかを確かめたかっただけなのだ。広美は今日ずっと白鳥の部屋にいるわけではないだろう。必ず帰るはずだった。ぼくは彼女を尾行してみるつもりだった。

喫茶店の窓際の席に座り、マンションの一階を見張った。店の表はガラス張りになっており、出入口がよく見える。しかし、逆に外からは、窓沿いに並べられた観葉植物が邪魔になって中が見えにくくなっている。見張りの位置としては絶好の場所である。

一時間ほどして広美が一人で現れた。週刊誌で見ていたので、一目でわかる。薄いクリーム色のコートにくるまり、寒そうに地下鉄駅のほうへ歩いていく。ぼくは急いで勘定をすませ、彼女の後をついていった。

白山駅の三田方面側のホームは、人影がまばらだったが、彼女はぼくの顔を知らないので、かなり大胆に近づく。四、五メートルくらいの位置まで迫って電車を待った。

電車はがらがらだった。彼女はドア近くの席に座ると、肩に提げていた布製のバッグから本を取り出し、読み始めた。ぼくはその斜め向かいに腰を下ろし、新聞を読むふりをしながら、彼女の様子を窺《うかが》った。

水道橋をすぎると、彼女は口を押さえてあくびを噛みころした。昨日はあまり寝ていないのか、目も心もち腫《は》れぼったい。彼女は肩までの髪をゆっくりかき上げた。ぼくはその仕草にたまらない色気を感じて、ぞくっとした。ああいう小柄でぽっちゃりした女性は、ぼくのタイプなのだ。あの体が昨夜もペテン師の白鳥に抱かれたかと思うと、ぼくのはらわたは煮えくり返った。本来なら、ぼくが賞を取り、彼女はぼくのものでなければならないのだ。

今のところ、立場は逆だが、彼女もそのうち白鳥の正体に気づき、別れることになるだろうと自分を慰める。

神保町で彼女は都営新宿線に乗り換えた。笹塚行きの電車には神保町からかなりの人が乗って、結構込んでいた。彼女は開かないほうのドアに背をもたせかけ、また本を読み出した。ぼくは間に二人挟んで吊革につかまる。本にカバーがついていなかったので、タイトルが見えた。高橋克彦の『写楽殺人事件』。何年か前に江戸川乱歩賞を取った作品だった。

ぼくが嬉しく思ったのは、彼女もミステリー・ファンであるということだった。きっとぼくと気が合うにちがいない。今はぼくには目もくれないが、そのうちきっと彼女をふり向かせてみせる。絶対に……。

地下鉄は幡ケ谷をすぎると、地上に出て、間もなく終点の笹塚に到着した。彼女は乗り換えずに笹塚で降り、甲州街道沿いに新宿方面に歩いた。頭上を首都高速四号線が走る。上からも下からも車の騒音がすごい。排気ガスと粉塵が冷たい風に乗ってぼくの顔に吹きつけてくる。

彼女は尾行されているとは、夢にも思っていない。やがて、彼女は街道沿いの小さなマンションに入っていき、入口で郵便ボックスの中を確かめてからエレベーターに乗りこんだ。彼女がのぞいたボックスを見ると、３０１とあり、「立花」と手書きした札が差しこんであった。

立花広美。一人暮らし。フリーライター。

それにしても、こんな交通の激しいところに住む人間の気が知れない。まあ、それでも、ぼくのアパートより数段上かな。ぼくは苦笑いしながら今日の戦果に満足して踵《きびす》を返した。

二月二十四日

『前略　突然お手紙を差し上げる無礼をお許しください。

実は、最近推理作家として売り出し中の白鳥翔氏について、よからぬ噂を耳にしましたので、どうしても一言申し上げたく、取り急ぎ手紙をしたためた次第です。

白鳥氏といえば、『幻の女』で月刊推理新人賞を受賞し、同作が今なおベストセラーをつづけていることは、よくご存知のことと思います。氏の経歴は謎のベールに包まれ、そのミステリアスなムードが人気に拍車をかけていますが、その前歴には誰にも言えない後ろ暗い秘密があるのです。

その秘密とは――すなわち、『幻の女』は実は白鳥氏の作品ではなく、まったく別人の作品を盗作したものなのであります。実作者の名はここでは明らかにできませんが、白鳥氏は実作者の落とした原稿を拾得し、それを卑劣にも応募して賞を手にしたのです。

俄《にわか》には信じられないでしょうが、事実です。残念ながら証拠はありません。しかし、氏が偽の作家であることは、氏が『幻の女』以降、深い沈黙を守っていることからも明白です。氏は短編一つ書いていないではないですか。いくら遅筆家とはいえ、少し妙だとは思いませんか。しかし、それも氏に小説を書く才能が元からなかったとすれば、不思議ではないのであります。
よろしく調査をお願いいたします。　草々』

昨日、ぼくはこんな文面の手紙を十数通、週刊誌や小説誌の編集部宛に送った。内容が内容だけに、いかがわしい手紙と受け取られるかもしれないが、二つや三つは確認を取るにちがいない。本人に直接電話をするか、あるいはマンションの住人にそれとなくあたるかはわからないが、少なくとも、白鳥には心理的な圧迫を加えることになる。それだけでも充分としなくてはならない。

我ながら、いやったらしい、底意地の悪い計画だと思う。白鳥に対する復讐とはいえ、自分の性格が次第にねじ曲がっていくような、嫌な感じもする。このまま頭がおかしくなっていくのではないかという、かすかな脅えもあった。

だが、ここは気を引きしめなくてはならない。狂気には狂気で対抗しなければ勝てないのだ。目には目を、歯には歯をだ。窓ガラスに映るぼくの顔はさながら幽鬼のように見えたが、社会の害虫を排除するまでは心を鬼にしようと思った。

昨日発送した手紙は今日中には届くだろう。ぼくはそれを見越して、今度はビラ作りを始めた。白鳥の住むマンションの各戸に配る、白鳥告発のビラなのだった。

『白鳥翔氏の秘められた過去の悪行を告発する！』

と大見出しを立て、内容は出版社への手紙に準じた。

部屋数の分だけコピーを取り、一階の郵便ボックスに投げこむ。これなら管理人にも不審には思われまい。受け取った人たちは半信半疑だろうが、白鳥に対して「そう言われてみれば、そういうフシもある」程度の疑念は抱くにちがいない。

もちろん、白鳥にも配る。彼は各部屋に同じものが配られたと知り、かんかんになるだろう。住人と白鳥がマンション内で顔を合わせる時が見ものである。住人は白鳥を疑惑の色眼鏡で見、白鳥は言い訳もできないやりきれなさを覚えつつ、彼らの目を逃れようとする。白鳥に胡散臭《うさんくさ》さがさらに加わるという寸法だ。

ぼくは夜遅く白鳥のマンションに出向き、各戸にビラを投げこんだ。そして、五階の白鳥の部屋のドアの上に「盗作者白鳥翔を糾弾《きゅうだん》する」と大書した紙をガムテープで貼りつけた。

大げさだが、まあ少しくらい派手めのほうがいいだろう。明日は大変な騒ぎが持ち上がるだろう。楽しみである。

二月二十五日

正午、ぼくは白鳥のマンションの一階の喫茶店から電話を入れた。発信音が何度も鳴った。留守かと思って切ろうとした時、

「はい」

と白鳥の声が出た。心なしか元気がないように感じる。ぼくの作戦はずばり当たっていると思った。

「どうですか、朝のお目覚めは？」

「くそ、山本、おまえだな、こんな悪質ないたずらをやったのは？」

白鳥の声がほとんど一オクターブも高くなった。

「何のことです？」

「とぼけるな。おまえ、出版社に嘘八百を並べた投書を送っただろう？」

「なんだ、あの件ですか。あれは事実を書いたまでです。反響がありましたか？」

ぼくは冷静さを崩さずに言う。

「ふざけるな。朝から電話が鳴りっぱなしだ」

「それはよかった。少しは効果があったんだ」

「何だと。それからビラをどうしたんだ。マンション中に配ったみたいじゃないか」

「ああ、それは同じマンションに住む住人の皆さんに白鳥さんの人となりを教えて差

し上げたかったものですから。他意はありません」

「他意がない？　何を言うか、悪意でこり固まっているじゃないか」

「真実を書いたまでです」

「このホラ吹き野郎」

「おっと、まだ反省の色がないようですね。もう少しお灸《きゅう》をすえましょうかね」

「訴えてやる。このことは絶対に警察に届けてやるからな」

白鳥は怒り狂っていた。

「どうぞご随意に。ぼくは警察でもあなたのことを言うつもりです。そうなれば、マスコミも少しは取り上げてくれるかもしれませんからね」

「こいつ、口の減らない奴だ」

「どうです、そちらの考え方次第では、ぼくにもやめる用意はありますが」

「何が望みだ？」

「前から言ってますように、あなたが『幻の女』を盗作だと認めることです。そうしてくれたら、城戸殺しの件はなかったものとします」

「こ、こいつ。私がやってもいないのに、勝手に盗っ人や人殺しよばわりしやがって。殺してもあきたりない奴だ」

「ほう、とうとう本性を現してきましたね」

「おまえのようなダニは早く死んだほうが世の中のためになる」

受話器が乱暴に叩きつけられた。

白鳥の荒れようは相当ひどかった。ぼくの作戦はまんまと図に当たったようだった。ぼくはコーヒーの香りを楽しみながら次の作戦を練り始めた。

白鳥が内側から崩壊していくのは間近いという予感がする。

ぼくは三十分ほど時間をつぶして、コーヒー代を払ってからレジのそばの電話から再び白鳥に電話をかけた。

受話器は取られたが、相手は黙ったままだった。ぼくは静かに話しかける。

「山本です、今、このマンションのロビーにいます。お会いしませんか？」

「なんだと。よ、よし、すぐ行く。待ってろ」

電話が即座に切られた。白鳥はすぐに降りてきて、ぼくをつかまえようとするだろう。ぼくは素早く店を出ると、マンションの入口から十メートルほど離れた曲がり角に身を隠して様子を窺った。

案の定、白鳥は一分もたたないうちに姿を現した。すぐに飛び出してきたので、セーターを着ただけの軽装だった。彼はぼくの姿が目に入らないので、通りの左右を見まわした。あきらめてそのままマンションにもどると思っていると、予想に反して地下鉄駅のほうへ歩き出した。住宅街で隠れるところがないので、ぼくはかなりの距離をおいて、通行人を装って尾行する。

すると、喫茶店の中からジャンパー姿の若い男が出てきて、白鳥の向かった方向に足早に歩き出した。肩からカメラバッグを提げている。男も白鳥を追っているように見えるが、はっきりしない。いきおい、白鳥とぼくの間にその男が歩いているので、男が絶好の隠れ蓑《みの》になり、尾行がしやすくなった。

商店街の見えるあたりで、突然、白鳥がふり向いた。尾行を予想していた様子がありありと窺えた。ぼくは手近の電柱の陰に身を隠したが、一瞬見破られたかと思ってひやりとした。

ところが、白鳥はつかつかともどってくると、例のカメラバッグの男の前に立ったのである。意味は不明瞭だが、男を激しく罵《のの し》っている。そして、男の襟首をつかみ、バッグを奪い取ると、路上に思いきり叩きつけた。男は何やらわめきながらバッグのそばにしゃがみこんだ。

ぼくは啞然としながらそのなりゆきを見守っていたが、白鳥は道路上に男を残したまま地下鉄駅のほうへ向かった。ぼくは再び尾行を開始する。カメラの男のそばを通った時、男は壊れたカメラを手に持ち、半べそをかいていた。

ぼくは男を無視して、商店街に出てみたが、白鳥の姿は消えていた。すぐそばに地下鉄白山駅の入口があったので、そこに入っていったのだろうか。慌てて階段を下るが、自動券売機の前にも改札口の付近にも白鳥の姿は見あたらなかった。

「変だな、こんなはずは……」

白山駅のホームは、上り下りが一つのホームになっている。人影もそれほど多くはない。白鳥の姿はそこにも見えなかった。

少々不満だが、今日のところは、ひとまず東十条にもどろうと思い、ぼくは巣鴨方面行きの側に立って、今日の戦果について考えた。計画がぼくの思っている方向に進んでいることは明らかだ。あとひと押しすれば、白鳥が陥落するのは目に見えていた。

勝利は近い。自然に口から笑みがこぼれる。

下りの電車が間もなく来るとのアナウンスがあったので、ぼくはゆっくり電車のやってくる方向に目を移す。暗い穴の彼方に光が見え、やがて銀色の車体が現れた。行き先の標示に西高島平とあるのを、ぼくはぼんやりと意識した。

ふと背後に人の気配を感じた。近づいてくる電車の轟音《ごうおん》の中で、ぼくの耳に誰かが囁《ささや》いた。

「うじ虫め！」

そういうふうに聞こえた。ふり向く間もなく、ぼくは背中を強く押された。

あっと思ったが、ぼくの体は重心を失い、暗い線路に向かって転落していった。けたたましい電車のホーン、急ブレーキの激しい軋《きし》み。電車の車輪に火花が走るのを、ぼくは視野の端にとらえていた——。

一瞬、頭の中が空白になり、気がつくと、ぼくは線路の向こうの側溝の中に横たわっていた。右肩がひどく痛んだが、体の他の部分は何ともないようだった。肩をもみながら起き上がる。

電車は止まっており、乗客が何事が起きたかと窓から身を乗り出していた。やがて、駅員らしい男が窓を開けて、ぼくの顔に懐中電灯の光をあてた。

「大丈夫でしたか。お怪我はなかったですか？」

ぼくは黙ってうなずいた。

「よかった。そのまま動かないでください」

駅員が安堵の息を漏らす。彼が窓から姿を消すと同時に笛が鋭く鳴った。そして、何事もなかったかのように電車が動き出した。

電車のテールランプがトンネルの中に消えると、ぼくは溝から上がり、線路をまたいで、ホームに手をかけた。先ほどの駅員がホームの上から手を差し延べてくれた。

「びっくりしましたよ。本当に大丈夫ですか？」

駅員はぼくの無事な様子を見て言った。

「何ともありません。肩をちょっと打った程度です」

「でも、どうして落ちたんですか」

駅員はとがめるように言い、はっとなった。「まさか、お客さん……」

ぼくには彼の考えていることがよくわかった。

「とんでもない、自殺しようとしたんじゃないですよ。ちょっと眩暈《めまい》がして、ふらふらっとなっただけです」

「そうですか、それならいいんですが。気をつけてください」

駅員はもう一度ぼくの体を上から下まで眺めた。

「病院で検査したらどうですか。万が一ということもありますから」

「いや、ご心配には及びません。本当に何ともないですよ。ほら、この通り」

ぼくは平静を装い、駅員に頭を下げた。「すみません、ご迷惑をおかけして」

「でも、よかった。じゃ、お気をつけて」

駅員は軽く礼をして、ちょうど入線してきた三田行きの電車のほうへ向かった。

ぼくは再び改札口を出た。

誰がぼくを殺そうとしたかは明白だった。白鳥としか思えなかった。白鳥はぼくの耳元で「うじ虫め」と囁いてから、突進してくる電車に押したのだ。ただ惜しむらくは、突き方が強すぎた。それが幸いして、ぼくの体は線路に転落したものの、そのまま回転して線路の向こうの側溝の中にはまってしまったのだ。

未遂に終わったが、白鳥の殺意は紛れもない。これは容認できることではなかった。

ぼくは白鳥のマンションに引き返して、彼に復讐するつもりだった。今までのやり方は、あまりにも手ぬるすぎたのだ。もうすぐにでも殺してやりたい。怒りは我慢の限界をとうに超えていた。

ところが、マンションの前に来てみると、パトカーが停まっており、入口付近が騒然としていた。マンションの住人らしき主婦や通行人が十数人ほど集まって、パトカーの中をのぞきこんでいた。

何事かと思い、車の中を見た。後部座席に白鳥翔が二人の屈強な男に挟まれて、顔を伏せながら座っているではないか。助手席の制服の警官が野次馬に、どくように手で指示すると、パトカーは動きだした。

人垣は崩れたが、野次馬たちはなおも名残惜《なごり》しそうに車の後を目で追っていた。

「どうしたんですか？」

ぼくは、おしゃべり好きそうな中年女を選んで話しかけた。

「ほら、あの人、白鳥翔よ。ベストセラー作家の」

「何か悪いことでもしたんですか？」

「雑誌のカメラマンを殴ったそうよ。それで、今、警察に連行されていくってわけ」

その言葉で、さっき白鳥に殴られた男は白鳥を張っていたカメラマンであることがわかった。ぼくの投書を信じてくれた編集部が少なくとも一つはあったのだ。満足である。

「そう言えば、あの人、ふだんから妙な人だったのよ。盗作したって噂もあるしね」

女は話をつづけた。「過去に後ろ暗いことをしてたらしいわよ」

ここに白鳥非難のビラを信じてくれる人間もいる。

「へえ、そうなんですか」

ぼくは適当に相槌を打った。

白鳥はぼくを襲い、マンションにもどったところをカメラマンに対する暴行容疑で逮捕されたのだ。予想を超えた面白い展開に、最初のうちは戸惑いも感じたが、やがて嬉しさのほうが勝った。

「ざまあ見ろ、白鳥め！」

「え、あなた何か言った？」

さっきの女が、ぼくを不審そうに見ていた。

「あ、いいえ」

ぼくは笑いを嚙み殺すのに苦労した。「へえ、白鳥翔って、そんなに悪い男だったんですか？」

「そうらしいわね」

さっきまでの怒りはどこかに消え去っていた。

四　倒錯の萌芽

1

白鳥翔が警察から帰されたのは、午後十一時をまわった頃だった。約十時間、警察に身柄を拘束されていたことになる。彼はそれまで山本安雄の嫌がらせ電話による睡眠不足が祟《たた》って、警察にいる間もずっと意識が朦朧《もうろう》としていた。

白鳥が暴行を働いたのは、ある写真週刊誌の契約カメラマンで、白鳥を告発する投書の内容を確認するため、ここ二日ばかり白鳥の身辺を探っていたのだった。白鳥はカメラマンに暴行したことを全然覚えていなかった。山本安雄の電話に呼び出され、一階に降りてみると、誰もいないので、発作的に外へふらふらと飛び出した。夢を見ているような数十分をすごし、ふと寒さに自分を取りもどしたところが、地下鉄の白山駅の入口だった。薄手のセーターで身を震わせながらマンションに帰ると、見知らぬ若い男と警官が一階のロビーにいたのである。白鳥は暴行の件はきっぱり否定したが、目撃者が三人もいたので、そのまま警察に連行されたのである。

暴行といっても、カメラマンの傷は大したことはなく、転倒した際、右の掌に受けたすり傷程度だった。カメラマンが頭にきていたのは、商売道具のカメラの損壊だった。本体は壊れ、レンズも割れており、損害は三十万円に達するという。

記憶にない暴行事件だったが、白鳥はすべてがわずらわしくなった。そこで、彼はカメラマンに壊したカメラの全額立て替えを提案すると、カメラマンもあっさり折れ、告訴を取り下げたのである。今、写真週刊誌の取材方法が社会問題化していることもあり、カメラマンの側にもことを大げさにしたくないという意識が働いたようだった。

結局、始末書を書くだけですみ、白鳥は帰宅を許されたのだった。十時間の拘束状態から解放されて、ようやくマンションに辿《たど》りついた時、彼は精神的にも肉体的にも疲労困憊《こんぱい》の極にあり、そのままベッドに倒れこんだ。

その時間を見越したかのように、電話が鳴った。山本だと思った。すべての元凶が山本にあると思うと、腹が立ってきた。

受話器を取るなり、

「ばかやろう、いい加減にしろ」

と怒鳴りつけ、電話を切った。すると、また電話が鳴った。

「わたしよ」

広美の声だった。急に力が抜けた。

「なんだ、君か」

「なんだ、君かはないでしょう。いきなり、ばかやろうと怒鳴っておいて……」

「さっきのは君だったのか。ごめん」

「今日、ずっといなかったでしょう」

「ああ、警察に行っていた」

「警察？　一体どうしたっていうの」

彼女の声が急に高くなった。

「話せば長くなる」

「あなた、どうしたっていうの。最近、おかしいわよ」

「ごめん。悪いけど、説明は明日にさせてくれ。とにかく今は疲れているから寝たいんだ」

「わかったわ。じゃあ、明日行くことにする」

「ああ、そうしてくれると助かる」

白鳥は電話を切った。ここ数日、山本のいたずらに悩まされて、広美とゆっくり話す機会もなかった。明日は久しぶりに彼女に会えると思うと、心が少し落ち着いてきた。

電話がまた鳴った。広美が何か言い忘れたことがあるのだろう。しかし、話をするには彼は疲れすぎていた。

「広美、もう勘弁してくれよ」

「やあ、お帰りなさい。警察ではさぞお疲れになったことでしょう」

聞き慣れた男の声。山本安雄だ。

「くそ、みんな、おまえのせいだ」

「それは、お互いさまでしょう。人を殺そうとしておいて。残念ながら、ぼくはこの通りぴんぴんしていますよ」

耳ざわりな笑い声。

「おまえのような人間のクズは、さっさと死んでしまえ！」

白鳥は受話器を叩きつけ、朝起きるまで電話コードをはずしておいた。

一晩中、白鳥は悪夢にうなされた。夢の中では白鳥が顔のない山本を追いかけていたが、山本に迫ろうとするたびに、するりと身をかわされてしまうのだ。朝九時に目が醒めた時は、すっきりするどころか、気分は最悪になっていた。

すべての混乱は山本安雄の陰険な行為に端を発している。あの病的なしつこさには、もう耐えられない。山本をどうにかしないと、本当に自分がだめになってしまう。下手をすると、自分の精神が蝕《むしば》まれてしまう。そうなれば、あいつの思うつぼである。

白鳥は冷たい水で顔を洗うと、ライティング・デスクの前に座り、山本への対処法を真剣に考え始めた。

原稿用紙に向かい、「山本安雄」とだけ書いた。すると、文字を書いたことで、頭のもやもやがいくらか薄れたように感じた。山本の名前を書きつづけているうちに妙案が浮かんでくるような気がした。そこで、彼は原稿用紙の枡目を「山本安雄」の名前で埋めていった。

「山本安雄山本安雄山本安雄山本安雄山本安雄山本安雄山本安雄山本安雄山本安雄山本安雄山本安雄……」

四百字詰めの原稿用紙に「山本安雄」がちょうど百入った。

一枚目が終わると、二枚目に進んだ。妙案は依然浮かばなかったが、文章を書くことに対する恐怖感がなくなっていた。白鳥はしめたと思った。これでスランプを打開する一つの道が見つかるかもしれない。

気分もだんだんすっきりしてきた。

彼は原稿用紙に「山本安雄」をさらに書きつづけた。十枚までくると、さすがに指が疲れたので、ペンを置いた。

山本安雄がもう恐くなくなっていた。あんな奴の言動に神経を尖らせていた自分がおかしく思えた。今度、奴から電話がかかってきても、笑い飛ばせる自信も生まれてきた。山本の弱点はプライドが傷つけられることだ。これからは山本を徹底的に愚弄《ぐろう》する戦術を取ることにした。

山本の撃退法がこのように簡単につかめると、急に愉快な気分になった。

白鳥はコーヒーをいれて、香りをじっくりと楽しんだ。ふり返ってみると、ここ数日間、おかしいくらいに心の余裕がなかった。その隙を山本につけこまれたと言えよう。

白鳥は十一枚目から山本を痛めつける方法を書いていった。面白いほどアイデアが浮かび、彼は二十枚を軽くクリアした。

電話が鳴った。

「そら、おいでなすったぞ。噂をすれば何とやらだ」

今頃、電話をかけてくるのは、山本しかいなかった。白鳥は意気揚々と受話器をはずして、楽しそうに話しかけた。

「ヘロー、山本君。朝のお目覚めは如何《いかが》かな？」

と先手を打った。山本は機先を制されて、明らかに戸惑っているようだった。

「…………」

「どうした、元気がないじゃないか、山本君」

「白鳥、気がふれたか」

山本の動揺は、いつものばか丁寧な言葉遣いをしていないことでもわかる。

「山本君の病気が移されたのかな。昨日はいい体験をさせてもらったおかげで、今日は原稿がすらすら進んでいる。警察の取材なんて、やろうと思ってもできないからね」

「嘘だ。おまえに小説は書けない」

「ほう、そうかね。じゃあ、私のマンションに来てみたらどうだ」

昨日までの立場は完全に逆転している。白鳥はすっかり会話を楽しんでいた。

「私はね、そろそろ第二長編にとりかかろうと思っている」

話しているうちに小説のネタが浮かんできた。とびきりのアイデアだった。

「山本君を主人公にしようと思う。ある頭のおかしな男、つまり君の目を通した殺人事件だ。山本安雄という実名で登場させようと思っているけど、面白そうだろう」

「おい、やめろ」

山本は怒鳴っていた。

「今、構想を練っているが、君の行動を思い出すと、ストーリーが簡単にできそうだ」

「おまえなんかに小説など書けるものか」

「書けないのは君のほうだろう。人に盗作者の汚名を被せる気があるなら、今年の月刊推理新人賞に応募してみたらどうだ。どうせ書けないだろうがな」

「こいつ、言わせておけば……」

「これからも、どんどんいたずらをしてくれてかまわない。君の行動はすべて小説のネタにしてやる」

「やめろ！」

「じゃあ、私は忙しいから、この辺で失礼する」

けたたましく笑いながら白鳥は電話を切った。受話器の向こうで歯噛みする山本の姿が思い浮かんだ。ついに勝った、山本を完全に克服したと思った。今まで山本のようなうじ虫にふりまわされていた自分が信じられなかった。もうマンションの住人に何と思われようとかまわない気分だった。

再びデスクに向かう。

二十一枚目からは、よどみなく筆が進んだ。書くことの楽しい記憶が甦《よみがえ》ってきた。この調子なら締切にも間に合う。「月刊推理」の藤井にも嫌味を言われずにすみそうだった。

二時間も書くと、さすがに肩が凝《こ》ってきた。原稿の一枚目からナンバリングすると、三十五枚に達していた。驚異的なスピードである。今日中には五十枚の大台に達するのも夢ではない。原稿用紙を前に悩んでいた自分がおかしかった。

その時、チャイムが鳴った。

インタホンから広美の心配そうな声が聞こえてきた。

2

ドアが開いて白鳥翔が顔をのぞかせた時、立花広美はまるで別人に会ったような気がした。白鳥は憔悴《しょうすい》して頰がこけ、不精髭が顔全体を覆っている。それだけなら、単なる疲労からくるものだとも考えられるが、眼鏡の奥の目には異様な光が差しているのである。

「やや、よく来たね」

それでも、白鳥は彼女の背中に手をまわし、部屋の中に招き入れた。機嫌はよさそうだった。

「寒いわ」

応接間兼仕事場には暖房が入っていなかった。しばらく換気もしていないらしく、空気は濁り、かすかに煙草の匂いも感じられた。彼女はとがめるように白鳥を見た。

「ごめん、仕事に夢中になっていて、気がつかなかった」

白鳥がエアコンのスイッチを入れると、温風が静かに部屋に吐き出されてきた。

「原稿を書いていたの？」

彼女はデスクの上の原稿用紙に目を止めた。

「うん、今朝から大分はかどってね。もう三十五枚も書いた」

彼は嬉しそうに言った。

「すごいじゃないの。あんなひどい目に遭っていて、よく書けたものね」

「昨日のこと、知ってるのか？」

「新聞に出てたわよ。ほら」

彼女は、持参してきた朝刊の社会面を開いた。扱いは小さかったが、「ベストセラー作家、暴走する」という見出しで、白鳥がカメラマンを殴り、警察に連行されたこと、撮影機器の弁償をすることで示談が成立したことが書かれていた。

「これだけじゃ、よくわからないけど、週刊誌の絶好のゴシップ・ネタになりそうね。わたし、ほとぼりが冷めるまでここには来ないほうがいいみたい」

「まあ、しょうがないな。しばらくは部屋に閉じこもって辛抱するしかないね」

「よくよくのことがあったみたいね」

「ああ、すべては山本安雄という男の嫌がらせなんだ。でも、もう解決したから問題はない」

「山本安雄？」

広美は最近その名前をどこかで耳にした記憶があった。

「知ってるの？」

「山本……」

「よくいたずら電話をかけてきたんだ」

その言葉で思い出した。数日前、白鳥が入浴中に電話をかけてきた男だった。確か『幻の女』が盗作だということを、彼女に信じさせようと躍起になっていた。その時は、愚にもつかないことと思っていたが、彼女の頭の片隅に妙に引っかかっていたのである。

「その人がどうかしたの？」

「話せば長くなるがね」

白鳥は、山本が白鳥を中傷する投書をマスコミ関係に出したこと、マンション内にもビラを配ったことなどを話した。

「それで、カメラマンがあなたを張っていたのね」

「あんな投書を信じて、私のような新米作家を張っても、仕方がないと思うけどな」

「よっぽどネタに困っているんだわ」

彼女は笑った。「でも、あんなことで何十万円も払う必要はないと思うわ」

「カメラ代はちょっと痛かったけど、騒ぎが大きくなって収拾がつかなくなることを考えれば安いんじゃないかな」

「そうかしら」

彼女は溜息をついた。「その後、山本という男からは何も言ってきてないの？」

「相変わらず、しつこく電話してくるけど、今朝あいつの自尊心を傷つけてやった。あいつ、とても怒っていたよ」

「挑発して大丈夫なの。その人、頭が少し変なんでしょ？」

「ああ、でも口先だけの意気地なしで、何もできやしないさ」

「そうだといいけどね」

「おかげで小説のほうがうまくすべり出した」

白鳥は嬉しそうに顔をほころばせた。彼女も、さっき出会いしなに白鳥に対してふと感じたことが考えすぎだとわかり、少し安心した。

その時、電話が鳴った。

タイミングがあまりにぴったりなので、お互いに顔を見合わせた。重苦しい沈黙が流れる。電話は鳴りつづけた。

「山本かしら」

先に広美が言った。

「そうかもしれない」

白鳥は顔を曇らせたが、やがて意を決したように受話器に手を伸ばした。

受話器に耳をあてた白鳥の顔から緊張が急速に解けていくのが、彼女にはわかった。

彼が手を横にふった。彼女に電話の相手が山本でないことを告げているらしい。

「藤井さんですか、どうも……ええ、昨日は大変でしたよ。でも、もう解決しましたから、ご安心ください。……原稿ですか、それがですね、ええ、うまくいっているんですよ。もう三十五枚書きました。はい、大丈夫です。何とか締切には間に合わせますから。……どうもありがとうございます……失礼します」

白鳥は受話器を静かに置くと、彼女に微笑《ほほえ》みかけた。

「『月刊推理』の藤井さんだったよ。新聞を見て心配したらしい」

「そうなの」

彼女は白鳥がいつもの元気を取りもどしたのが嬉しかった。

「ねえ、今度の原稿はどんなテーマなの？」

「それが傑作なんだ」

彼が手で膝を打った。「山本安雄を主人公にしたストーリーを思いついてね。頭のいかれた男の目を通した心理サスペンスってところかな」

「わあ、素敵。楽しみだわ」

「二、三日で書けるから、待っててよ」

「でも、よかったわ」

「何が？」

「だって、あなたと知り合ってから、わたし一度もあなたが原稿を書いているのを見たことがないの。わたしが邪魔をしてたんだと思ってたわ」

「なんだ、そんなことか」

白鳥は苦笑した。「いくら遅筆でも、ちょっと間隔が開きすぎてるものね。そう思うのも無理ないよ」

「少しは焦ってたの？」

「まあね。『幻の女』一発で終わったら、ちょっとみっともないからね」

「そうか、今日は原稿を書いてたんだ。邪魔しちゃ悪いから、わたし帰るわ」

広美は脱いだばかりのコートに手を伸ばしかけた。

「いいんだよ、ゆっくりしていって。どうせ、今、一休みするつもりだったんだから」

「でも……」

白鳥が彼女の後ろにまわり、背中から強く抱き締めた。彼の唇が彼女の首筋を吸い、両手でセーターごしに彼女の豊かな胸をもみしだいた。いつもの不器用で荒々しい愛撫だった。作家にしては無骨な手だわと彼女は思った。

「だめ」

彼女の口から甘い息が漏れ、体の芯が潤《うるお》ってくるのがわかった。

「ね、いいだろ？」

拒みきれなかった。彼女がうなずくと、彼が頬をすり寄せてきた。彼の髭が肌に触れる。

「痛い」

彼の動きがぴたっと止まり、手で自分の頬を撫でた。

「あ、ごめん。しばらく髭を剃ってなかったんだ」

彼はきまり悪そうに言い、彼女の頬を大きな両手で挟むと、彼女の唇に軽く口づけをした。「ちょっと、髭を剃ってくる。待ってて……」

彼は寝室を目顔で示した。彼がバスルームに入ると、シャワーの音に交じって、鼻唄が聞こえてきた。演歌か。都会派のサスペンス作家には、あまりふさわしくないと彼女は思った。しかし、何分か後、彼のたくましい腕に抱かれることを想像すると、期待に胸がふくらんだ。

寝室に入ろうとした時、白鳥のライティング・デスクにふと目が行った。中央に書きかけとおぼしき原稿が乱雑に積まれている。彼女の足が止まり、体の向きを変えた。原稿を読んでみたいという好奇心が湧いてきたのである。『幻の女』の熱心な読者としては、きわめて自然な行動と言えた。

五十枚ほどの原稿用紙が一セットになり、一枚目の三行目に小説のタイトルが書かれていた。

『倒錯のロンド』

その右下に、白鳥翔のサインがある。決してうまい字ではないが、文字の端々に力が躍動していた。彼の肉体みたいに自信にあふれた字だと思った。

「タイトルを見ると、面白そう。山本という気がふれた人の物語なんだわ」

彼女は独り言を呟いた。そして、中身を早く読んでみたいという抗《あらが》いがたい誘惑に駆られた。耳をすますと、まだ白鳥の鼻唄がバスルームから聞こえた。今なら読む時間はある。

一枚目をめくると、彼女の目は原稿用紙に釘づけになった。

「えっ、嘘でしょう」

原稿用紙は「山本安雄」の名前でびっしり埋めつくされていたのである。

山本安雄……

文字の練習をしているんだわ、と彼女は首をふって自分に言い聞かせた。

次をめくった。その次、次、次……。

彼女は信じられない思いで紙をめくり、「山本安雄」で埋め尽くされた原稿用紙を呆然と見た。ゴキブリが一面に這って、彼女を見返しているような錯覚に陥った。

ナンバーを見ると、ちょうど十枚だった。背筋に冷たいものが走った。

「これは、何かの間違いだわ」

声に出して打ち消そうとした。しかし、それとは逆に彼女の心にどす黒い疑惑が芽生えていったのである。

十一枚目をめくった。

違う文章が書かれていた。

「ほら、やっぱり、ここがスタートなんだわ」

と思い、ほっとした。だが、それも読み進むうちに、彼女の顔は血の気を失い、紙のように白くなっていった。

「山本安雄は気がふれている。社会の害虫だ。害虫は駆除しなければならない……」

最初の二行にこんなことが書かれ、三行目で改行されて、また、

「山本安雄は気がふれている。社会の害虫だ。害虫は駆除しなければならない……」

「山本安雄は気がふれている。社会の害虫だ。害虫は駆除しなければならない……」

「山本安雄は気がふれている。社会の害虫だ。害虫は駆除しなければならない……」

「山本安雄は気がふれている。社会の害虫だ。害虫は駆除しなければならない……」

「山本安雄は気がふれている。社会の害虫だ。害虫は駆除しなければならない……」

と、同じ文章が繰り返されていた。二行ごとに同じ文章、同じ文章……。

次のページ、その次、次、次……。すべて同じパターンの繰り返しだった。これもちょうど十枚あり、ナンバリングは二十に達している。

彼女の背筋に冷たいものが走る。息遣いが次第に荒くなっていった。嘘だろうという思いでページを繰った。

二十一枚目以降も文章はつづいていたが、違う文章になっている。

「これまでのは冗談だったのか」

声に出すと、気持がいくらか落ち着いた。だが、心の底に疑惑の霧が湧き、次第に濃くなっていった。

二十一枚目の文章は、次のようになっていた。

山本安雄を殺せ……

延々と同じセンテンスがつづいていた。「山本安雄を殺せ」の文章が、彼女の頭を何度も何度も駆けめぐった。眩暈を覚え、立っているのがつらくなってきた。
二十一、二十二、二十三、二十四……。ページを繰る手ももどかしい。悪夢だ、白昼夢だと思いつづけて、ついに三十五枚目まで達した。

「冗談に決まっている。『倒錯のロンド』というタイトルだから、それを文章にしてみただけなのよ。練習というか、筆馴らしをしているのよ」

彼女は本物の原稿を探してみた。しかし、デスクの上には、未使用の原稿用紙が五十枚、ビニール袋の中に封を切らずに入っているだけだった。

「大事な原稿だから、きっと引き出しにでもしまったにちがいない」

そう思いたいが、彼女の声がそれを裏切っていた。

「わたしをからかっているのかもしれない。翔さんたら、後で驚かそうとしているだけなのよ」

口にはしたが、心では信じていない。

気がつくと、部屋の中は静まり返っていた。エアコンの温風を吐き出す音が聞こえるだけだった。

はっとした。シャワーの音が聞こえない。それに鼻唄も……。

背後でカチャッという音がした。

彼女は慌てて原稿用紙をまとめた。手が震えて、うまくいかなかった。

「驚かすって何のことだい？」

白鳥の低い声。彼女の独り言が耳に入ったらしい。彼女の体は金縛りにあったように動かなかった。いや、動こうとしても動けなかったのだ。

肩に白鳥の手がかかった。びくっとする。彼女は首だけをぎこちなくまわした。ガウン姿の白鳥の顔は笑っていなかった。眉根を寄せ、彼女の顔を突き刺すように見ていた。彼女の背筋を戦慄が一気に駆け抜ける。

「どうしたんだ、一体？　顔が真青じゃないか」

「いいえ、何でもないの。頭がちょっと痛いの」

それだけ言うのがやっとだった。

「そうか」

白鳥はその時、原稿に目をやった。彼女は見つかったと思い、観念した。

しかし……。

「これが今日書いた原稿さ」

白鳥は彼女が原稿を見たことに気づいていないようだった。彼女の肩の力が一気に抜けた。

「午前中だけで三十五枚だぜ」

白鳥の「三十五枚」という言葉は、彼女の疑惑を完全に裏付けた。

白鳥は頭がおかしくなっている。〝倒錯〟は、山本安雄ではなく、白鳥翔の心の中で進行しているのだと思った。

「よ、よかったわね」

彼女の額から汗が噴き出した。

「何が？」

「だから、原稿が順調に進んで」

「ああ、本当だ。神様が自分の体に乗り移ったみたいだよ」

「そ、そうね」

彼女は笑ったが、虚《うつ》ろに響くだけだった。

「どうしたんだよ、君。おかしいぞ」

白鳥がけげんな顔をする。

「い、いいえ、ちょっと、わたし、シャワーを浴びてくるわ。汗をかいちゃったし……。ね、いいでしょう？」

広美は白鳥から離れて一人で考える時間を持ちたかった。

「早くするんだよ。待ちきれないから」

白鳥は彼女の額にキスをすると、寝室に入っていった。

彼女はシャワーを浴びた。温かいお湯に裸身をさらしていると、さっきより落ち着きがもどり、いくらか冷静に物事を考えられるようになった。彼女は付き合い出してからの白鳥翔について思い返した。すると、数日前に耳にした山本安雄からの電話の声が甦った。

「白鳥氏の個人的秘密です」と、山本は言った。

「個人的秘密？」と、彼女は聞き返す。

「そうです。驚かれるかもしれませんが、白鳥氏の『幻の女』は盗作なんです。……まあ、お聞きください。『幻の女』は、実はぼくが書いた小説なんです。ぼくが不注意で落としてしまったんです。それを白鳥氏が拾って……。あなたは白鳥氏が小説を書いているところを一度でも見たことがありますか？　……原稿用紙をのぞいたことがありますか？　……」

「原稿用紙をのぞいたことがありますか？」という山本の声が執拗に頭の中に谺《こだま》する。

「やめて……」

彼女は耳をふさいだ。しかし、山本はしつこく囁きかけてきた。

「『幻の女』を出した後に、白鳥氏が小説を発表していますか。……書けるはずがないんです。白鳥氏は原稿を拾って、それを応募しただけの男です。小説家としての才能など微塵《みじん》もないんですよ。……原稿をのぞいてみるのも面白いかもしれませんよ。そうすれば、ぼくの言ったことが決して嘘偽りではないことがわかると思います……」

「嘘よ、わたしが信じるとでも思ってるの？」

「どうぞ、ご勝手に……」

山本安雄の声がふっと途切れた。広美は我に返って、濡れた体をバスタオルでくるんだ。

彼女がさっき白鳥のライティング・デスクで目にしたものは、何から何まで恐ろしいほど山本の言葉と符合していた。三十五枚の原稿。事実はもう打ち消しようがない段階に入っていた。

じゃあ、あの白鳥翔は何者なのだ。正体は？

彼女は白鳥翔について知っていることを考えようとした。しかし、知っているのは、彼の肉体的な特徴とベッドの上でのテクニックだけだった。彼女はこれまでロマンティック・サスペンスの作家に抱かれることに酔いしれていただけで、白鳥自身については情けないほど何も知らなかったのである。

彼の本名。過去にどういう経歴を持っているのか。

今、こうして彼が偽作家だったという現実に直面すると、何をしたらいいのかわからなくなってしまう。

「おーい、まだか？」

白鳥の彼女を呼ぶ声がする。

「今すぐ行くわ」

彼女は返事はしたが、気が進まなかった。このまま帰ってしまおうかと考えた。

バスルームを出ると、白鳥が全裸のまま立っていた。身長百八十センチに近い堂々たる体躯《たいく》、剛毛に覆われた厚い胸……。それらはかつて彼女を狂喜させたものだったが、今は不快感を催させるだけのものだった。すぐに視線をそらした。

「きれいだよ」

白鳥が彼女の体をバスタオルごと抱きしめ、もう一度体を離して愛おしそうに見つめた。白鳥は彼女のバスタオルをはぎとり、その体を軽々と抱き上げた。

「やめて……」

彼女は彼の腕の中で空しくもがいた。

「どうしたんだよ、そんなに暴れて」

「いや、やめて……」

彼女にとって、今の白鳥は力の強いだけの野獣だった。精力絶倫のけだもの――。本気で抵抗したが、彼は逆にそれを肯定の印と受け取った。

「こら、暴れるんじゃない」

白鳥は彼女を抱いたまま寝室のドアを足で開け、彼女をベッドの上に乱暴に放り出した。

「いや、いやよ」

彼女は最後の抵抗を試みた。しかし、白鳥の重い体に組み敷かれると、身動きもとれなかった。彼女は抗うことをあきらめ、仰向けになったまま、彼の蹂躪《じゅうりん》に身を任せた。白鳥の舌が強引に彼女の口の中に押し入り、他方、手で乳房をもみしだく。やがて彼女の足が無理やり開かれ、彼が侵入してきた。

これでは、まるで強姦だわ。快楽を味わう気分には、とてもなれなかった。彼女の目から涙が溢《あふ》れ出した。

白鳥は果てると、彼女の横でぐったりとして寝息をかき出した。睡眠不足による疲れがたまっているようだった。彼女はゆっくり身を起こし、軽蔑をこめて彼を見下ろした。急に自分の体が薄汚れたものに感じられ、彼を起こさないようにバスルームに行き、熱いシャワーを浴びた。

マンションを出る時、もう二度とここに来ることはないだろうと思った。

白鳥の部屋の鍵はもう必要なかった。彼女は汚れた過去をふり切るように鍵を路上に投げ捨てた。

五　倒錯の招待〔山本安雄の手記〕

二月二十六日

今朝、電話をかけた時、白鳥翔はやけに威勢がよかった。昨夜、あれだけのダメージを受けていながら、こうも変身するとは意外だった。白鳥は小説が順調に進み出していると言っていたが、そんなこと嘘に決まっている。しかし、あの自信に溢れた口調は何だろう。彼の内面に何らかの変化があったことは認めざるをえない。

理由はどうあれ、ぼくの当初の計画——白鳥翔を精神的にまいらせる——は、悔しいけれど、失敗に帰した。ぼくとしても、次なる手段を選ぶほかはない。そう、ぼくは白鳥のマンションに行って、彼を闇に葬るのだ。親友の城戸を殺したのと同じ方法で彼を殺すのだ。体力的に見たら、身長百六十五センチのぼくが百八十センチの彼に敵《かな》うはずもないので、そこはそこ、胸に文化包丁を忍ばせる。そして、隙を見て白鳥を刺す。

　ぼくの気は確かだ。親友のため、『幻の女』のため、そして、社会の正義のため、当然のことをするまでだった。ぼくは警察に代わる私設死刑執行人なのだ。

　午後二時をちょっとまわっていた。

　ぼくは白鳥のマンションの前に立ち、彼の部屋の辺りを見上げた。これから敵の本丸へ乗りこむのかと思うと、さすがに緊張した。

　胸に手をあてて包丁の存在を確認する。その量感はぼくに戦いに挑む勇気を与えてくれた。

　ロビーに入ると、ちょうどエレベーターが上から降りてくるところだった。マンションの人間の目に触れることは、できるだけ避けたかったので、いったんマンションの外に出て、一階の花屋をのぞくふりをする。

　現れたのは、なんと立花広美だった。白鳥の部屋からの帰りらしいが、それにしてはそわそわと落ち着きがない。彼女は小走りに地下鉄駅のほうへ向かった。ぼくは興味をそそられて彼女の後ろ姿を目で追う。

　すると、彼女が何かを落とした。ぼくと彼女は十メートルほど離れていたが、ぼくの耳にもチャリンという音が聞こえた。しかし、彼女は落としたことに気づくふうでもなく、そのまま足早に去った。通行人の影もなく、その経緯を目撃したのは、ぼく一人のようだった。

その場に行ってみると、鍵が落ちていた。彼女の部屋の鍵だと直感した。そして、その瞬間、ぼくの頭に閃《ひらめ》いたことがあった。白鳥にダメージを与える方法だ。包丁で刺すという野蛮な方法ではなく、もっとスマートで紳士的なやり方だった。

要するに、立花広美を白鳥から横取りしてしまうのだ。『幻の女』はもともとぼくの作品であり、まともに発表していたら、当然、彼女はぼくに近づいただろう。それは言わずもがなのことだ。白鳥から彼女を奪うのは、当然の権利を遂行するだけのことであって、誰からも非難される筋合のものではない。

ぼくは立花広美の正当な所有者としての権利を有するのだ。そして、この鍵はぼくの未来の幸福を開く鍵なのであった。

広美が帰宅した頃合を見計らって、ぼくは彼女に電話した。あらかじめ番号案内で確かめておいたのだ。相手はすぐに出た。

「もしもし、立花さん？」

「はい、そうですけど」

彼女の声は少し元気がない。

「ぼくが誰かわかりますか？」

「さあ……」

わかるわけないよな。

「山本です、『幻の女』の作者の山本安雄です」

「あ」

息を呑む声、反応は上々だった。

「驚かれたようですね」

「何のご用？」

「白鳥のことについて、直接お会いして、お話ししたいと思いまして」

「そんな必要はないわ」

彼女はきっぱりと言った。そこには、ぼくの入りこむ余地のない決然たる響きがあった。だが、ここでめげてはだめだ。ひたすら押しの一手。

「どうしてですか？」

「だって、わたし、あの人とはもう関係ないもの。彼がどうなっても、わたしの知ったことじゃないわ」

「それ、白鳥と別れたって意味ですか？」

　ぼくの胸は期待でふくらんだ。

「そんなこと、あなたと関係はないでしょ」

「いや、大ありです」

「どうして？」

「あなたに、白鳥の正体を暴《あば》くお手伝いをしていただきたいんです」

「だから、わたしは、あの人とは……」

「関係ないと言ってすまされる問題じゃないんですよ、ここまで来たら」

　しばらく沈黙があった。

「でも、あなたが『幻の女』の作者だという証拠があるの？」

　彼女は依然、懐疑的である。

「もちろんです、実作者でないとわからないエピソードをお話ししますよ。ぼくがあの作品を書くために、いかに取材し、苦労したか」

「でも……」

　あと一息だ。

「そうすれば、あなたにも、ぼくの言っていることが本当だとわかるはずです。ほんの五分だけ、お時間をさいていただければありがたいんですが」

しばらく沈黙があった後で、彼女が言った。

「わかったわ。白鳥のことなんか忘れてしまいたいけど、わたしにもちょっと気になっていることがあるから」

「そちらに伺っていいですか？」

「ここへ？」

彼女は、その時、ちょっとおかしいと思ったようだ。「それより、あなた、どうして、ここがわかったの？」

「週刊誌に載っていましたから」

「でも、あれには、わたしの名前は出てなかったはずだけど」

少し苦しくなってきた。

「『月刊推理』の藤井さんに聞きました」

かろうじてかわす。

「ああ、そうなの」

彼女は納得した様子だった。

「どうですか？」

「ここ、女の一人暮らしだし、来てもらっても、ちょっと困るわ」

「安心してください。そんなことなら、ドアを開けっぱなしにしておけばいいです。ぼくは何もやましいことをしようだなんて考えていませんから」

「でも……」

もう少しだ、あと一押し。

「夜の七時三十分頃、伺います」

「でも、ほんのちょっとですよ。わたし、全面的にあなたのこと信じているわけではないもの」

「わかりました」

ぼくは電話を切り、うまくいったことに快哉《かいさい》を叫んだ。

あと数時間後には、彼女はぼくに心酔し、ぼくに体を委ねることになるだろう。ぼくは彼女の豊満な肉体を思い、舌なめずりをした。

いや、だめだだめだ。邪心を起こしてはいけない。自然の流れに任せて、じっくり話し合うのだ。そうすれば、道はおのずから開けよう。

彼女の心を開く扉——できれば肉体の扉も——彼女の落とした鍵を掌に置いて、その輝きにぼくは陶然となった。

午後七時四十分。

ぼくは立花広美のマンションに到着した。少し遅れ気味だったので、笹塚の駅から駆けてきた。底冷えのする日だったが、ドアの前に達した時は額にうっすらと汗をかいていた。

チャイムのボタンを押した。応答はない。

次にドアを叩く。やはり応答はなかった。

きっと風呂にでも入っていて応じられないのだろう。湯煙の中の彼女の裸身を思い浮かべると、口許がほころんだ。

恥ずかしがらなくてもいいんだよ、可愛い小羊ちゃん。ぼくのポケットには君の部屋を開く鍵があるんだから。

ぼくは期待に震える手で、鍵穴に彼女の落とした鍵を差しこんだ。

六　倒錯の代償

1

白鳥翔が目を醒ましたのは、夕方五時近くになってからだった。ベッドの上を手探りしたが、広美の体には触れなかった。首をまわして自分のわきを見る。シーツには寝乱れた跡はあるが、彼女の姿はなく、シーツは冷えきっていた。寝室の中は静まり返り、隣の部屋にも人の気配はない。彼女は帰ったらしかった。

ゆっくりと起き上がり、大きく伸びをした。かすかにする香水の匂いが、広美のいたことを物語っている。四時間ほどの睡眠だったが、一週間分をまとめて取ったような気分だった。下半身にセックスの後の快いけだるさがあるだけで、疲労はすっかりなくなっていた。

ガウンをはおり、爽快な気分で仕事場に入る。やはり広美の姿はなかった。いつもの彼女なら伝言でも残していくのだが、メモすら残していない。彼女らしくないと思った。

ライティング・デスクの上の原稿用紙を見た。『倒錯のロンド』というタイトルが目に飛びこんでくる。

途端に、つづきを書きたい誘惑にとらわれた。身のうちから鬱勃《うつぼつ》たる闘志が湧き起こり、衝動に駆られたようにデスクを前にしてペンを握った。

原稿は確か三十五枚まで書いたはずだった。何も書かれていない原稿用紙に36とナンバーをふり、さて今度は話をどう発展させようかと考えた。参考のために、三十五枚目を見ると、「山本安雄を殺せ」と書いてあったので、そのつづきということになる。

頭を悩ますまでには至らなかった。簡単にストーリーが浮かんできた。

「おれは天才だ！」

彼は魔物に憑依《ひょうい》されたかのように書き出した。

山本安雄は死んだ。山本安雄は死んだ。山本安雄は死んだ。山本安雄は死んだ。山本安雄は死んだ。山本安雄は死んだ。山本安雄は死んだ。山本安雄は死んだ。山本安雄は死んだ。山本安雄は死んだ。山本安雄は

死んだ。山本安雄は死んだ。山本安雄は死んだ。山本安雄は死んだ。山本安雄は死んだ。山本安雄は死んだ。山本安雄は死んだ。山本安雄は死んだ。山本安雄は死んだ。山本安雄は死んだ。山本安雄は死んだ。……

白鳥は実際に山本を殺したような気分になった。ふっと頭の中に山本の亡霊が浮かび、消えた。

いつの間にか部屋の中に闇が忍び寄っている。外は寒々としていたが、空に月が上っていた。月光が白鳥のデスクの上に差しこみ、彼の顔を青白く照らす。

白鳥は物の怪《け》に取り憑《つ》かれたように原稿用紙の枡目《ますめ》を埋めていった。暗いことは少しも苦にならない。原稿用紙を文字で埋めることに快感を覚えていた。

五十枚目が終わった。彼は目に鈍い痛みを感じ、顔を上げた。ふと我に返った。その時、初めて自分が月光の下で執筆していることに気づいた。

「あれ、一体どうしちゃったんだ」

彼は電気をつけた。明るい光にさらされた原稿用紙は彼の目をまぶしく射る。目を手でこすって時計を見ると、七時三十分をすぎていた。急に空腹感を覚えた。そういえば、朝食以来何も口にしていなかったのである。

どこかに食べにいこうかと立ち上がった時に、広美のことを思い出した。今日は泊まっていくはずだったのに、黙って帰ってしまった。どうしたのだろう。考えてみれば、彼女の今日の行動には首を傾げることが多かった。考えごとをして人の話を聞いていなかったり、シャワーを浴びた後、急に暴れ出したり、どこか妙だった。いつもの裏表のない彼女ではなかった。

電話でもかけてみよう。新宿辺りで待ち合わせて、彼女と食事をするのも悪くないと思った。

電話をかけると、広美はすぐに出た。

「どうして帰っちゃったんだい？」

「そんなこと、どうでもいいでしょう。わたしの勝手よ」

彼女の声はとげとげしかった。

「何を怒っているんだい。私が手荒にしたことだったら、謝るよ」

「そんなこと言ってないわ」

「じゃ、何なの？」

「いいから、わたしのことは放っておいて」

「だから、なぜなんだい？」

「別れましょう、わたしたち」

彼女が唐突にドキッとする言葉を放った。白鳥は一瞬声を失った。

「え、今、何を……」

我に返るのに、しばらく時間がかかる。「もう一度言って」

「だからね、わたしたち、もう終わりにしましょうと言ってるの。何度も繰り返させないで」

「私が何をしたって言うんだ」

「自分の胸に手をあてて、よく考えてみたらいいんじゃないの」

白鳥には彼女の言うことが理解できなかった。

「あのさ、電話じゃよくわからないから、新宿で会わないか。話せばきっとわかり合えることだよ」

「そんな単純なことじゃないの。わたし、あなたのすべてが嫌になったの。考えただけで虫唾《むしず》が走るわ」

「おい、そんな言い方ってないだろ」

「いいも悪いもないわ。わたし、これから人と会わなくちゃならないから、これで切るわよ」

「ちょ、ちょっと待ってくれ」

「誰と会うかだけは教えてあげるわ。山本安雄よ、あなたのお友だちの。どう驚いた？　これから、ここへ来るのよ」

驚いたどころではない。とても正気の沙汰とは思えなかった。

「おい、正気か。相手は頭が変なんだぞ。君に何をするかわからない」

「会ってみなくちゃ、わからないでしょ」

「考えなおしてくれ、頼む。それは自殺行為だ。あいつと一人で会うなんて」

「あら、あなただって、相当なものじゃない」

彼女は甲高《かんだか》い声で笑った。

「どういう意味だ？」

「わたし、見せてもらったわ、あなたの原稿を」

白鳥はデスクの上の原稿を見た。

「原稿って、私のかい？」

「そうよ、『倒錯のロンド』というタイトルだったわ。何よ、あれ？」

「あれって？」

「わからないの。じゃあ、あなたの狂気はかなり進行しているんだわ。題名の通り、あなたの頭の中がおかしくなっているのよ」

「何を言ってるんだ、あれはね……」

そう言って、白鳥はデスクの上の五十枚の原稿をパラパラとめくった。そして、愕然となった。どうしちゃったんだ、私は。そこに書かれていたのは、意味のない言葉の羅列だった。精神的に追いつめられた状態で書き始めたのを、いつの間にか自分が原稿を書いているような錯覚に陥ってしまっていたのだ。

今、白鳥は錯乱の世界から正気の世界にもどった。

しかし、遅かった。

「どうしたのよ、黙りこんじゃって？」

広美の焦《じ》れたような声が聞こえてきた。

「あれはね……」

白鳥は言葉に詰まった。「あれは、気分がむしゃくしゃしている時に書いたものだから」

「変なの。やっぱり、あなたの頭のネジが狂い始めたのよ」

「私にも、どうして書いたのか説明できない。あれは一過性のものだ。私は絶対におかしくなっていない。頭がまともじゃないのは山本だ。それがわからないのか」

「わからないわ。あなた、『幻の女』の盗作者なんでしょ。そんな人の言うことなど、信用できると思ってるの？」

「おい、頼むから冷静になってくれ。山本を君の部屋に入れちゃうと、本当に殺されてしまうぞ」

「まあ、大げさね。あなたといるほうがよっぽど危険だわ。あなたなんか暴力好きの能無しよ」

その時、受話器の向こう側からピンポンとチャイムの鳴る音が聞こえた。

「あら、もう来たんだわ」

「やめろ、山本を入れるな」

白鳥は絶叫した。

「だめよ、早く出ないと……」

もう一度チャイムの音。

「やめろ」

「そんなに心配なら、電話は切らずにおいとくわ」

広美は軽蔑したように笑うと、受話器から離れた。

「おい、だめだ。無茶なことするな」

白鳥の声は届かなかった。

チェーンのガチャガチャという音、ドアがバタンと閉じる音。しばらく彼女と男のやりとりする声が聞こえ、突然悲鳴が上がった。

「やめて、お願い」

広美の声は電話でもよく聞こえた。それに低いくぐもった男の声が重なる。

「おい、やめろ！」

白鳥がまた叫ぶと、男の声が急にやんだ。白鳥の声が男の耳に届いたのだ。やがて、悲鳴に交じって低音の男の声がした。男が直接、受話器を持ったようだった。

「うじ虫野郎！」

電話がいきなり切られた。

2

立花広美が普通の精神状態だったら、話はまったく違った方向に進んでいたかもしれない。

山本安雄から電話があって、彼が七時三十分に来ることになっていたが、彼女には山本を部屋に入れるつもりなど、もうとうなかった。彼女は近くの喫茶店で山本と会うようにするつもりだった。

そう思っていた矢先の白鳥からの電話だった。白鳥と話しているうちに、彼女は異常に苛立ってきた。相手の繰り言を聞いて、ますます白鳥への嫌悪感を強めた。

そういう心理状態でいる時にチャイムが鳴ったのである。彼女の意識の中に白鳥に惚れたことへの後悔の気持が芽生え、山本を部屋に入れることで白鳥に復讐する気になったとしても不思議ではない。魔がさしたとしか、言いようがなかった。

「そんなに心配なら、電話は切らずにおいとくわ」

と白鳥に言ったのも、そんな気持の表れだった。彼女は白鳥と山本を電話で直接対決させようとも考えた。

彼女がドアに向かおうとすると、ノックの音がした。チェーンをつけたままドアを細めに開けると、山本とおぼしき男が照れ臭そうに笑い、軽く頭を下げた。男はサラリーマンの着るような薄茶色のコートに身を包んでいる。どこかで見たような記憶があるが、悪い人じゃなさそうだ。この人なら部屋に入れても大丈夫だわと彼女は思った。

「山本さんね？」

と聞くと、男は黙ってうなずいた。

彼女には白鳥と電話がつながっていることによる安心感もあった。そのため心に一瞬の隙が生じた。

いったんドアを閉め、チェーンをはずしてから、再びドアを開けた。突然、男がドアを蹴り、強引に押し入ってきた。彼女が慌てて押し返そうとしたが、所詮、男の敵ではない。すでに男の片足がドアの隙間に入れられていた。

悲鳴を上げたが、すぐに侵入してきた男に口をふさがれた。万事休すだった。

「静かにしないと殺すぞ」

男はドスのきいた声で脅しつけ、彼女は男の腕の中でもがいた。早く電話の向こう側の白鳥に異変を知らせたかった。今では、白鳥の言葉が正しいことがわかった。

二人はもつれるようにして、ベッドの付近まで動いた。受話器までもう少しというところで、彼女は口をふさいでいた男の手を思いきり嚙んだ。

「畜生！」

彼女の口が自由になり、受話器に向かって思いきり悲鳴を上げた。

「こいつ、静かにしろ」

男の視線が、はずしたままの受話器に向かった。

「ふざけたまねをしやがって」

「やめて、お願い」

男が彼女の頬を力いっぱい張った。あまりの痛さに、彼女の意識が飛びそうになった。

「おい、やめろ！」

白鳥の声が彼女の耳に聞こえた。すると、男は左腕で彼女の首を締めながら、右手で受話器をつかんだ。

「うじ虫野郎！」

男は押し殺した声で言うと、電話を切った。

「ばかな女だ。もう助けを呼ぼうったって無駄だぜ」

男は彼女をベッドの上へ突き飛ばした。彼女の頭は朦朧《もうろう》としており、抵抗するだけの力も残っていなかった。ベッドのスプリングが衝撃を包んだが、スカートが広がり、太股の辺りまでめくれ上がるのがわかった。足の奥がひんやりとした。涙で目が曇り、相手の顔が霞んだ。

「お、いい体をしてるじゃないか。たまんねえな」

男の影が近づいてきた。

「あいつのものだけにしちゃ、もったいないぜ」

男は含み笑いをすると、彼女のスカートを胸まで引き上げた。

「いや、やめて」

「もっと抵抗しろ。そのほうがやりがいがある」

セーターが脱がされ、ブラジャーが乱暴にむしり取られた。ズボンのベルトをはずす音がして、男が彼女にのしかかってきた。

涙がとめどなく流れる。犯されながら、この男が何となく白鳥に似ていると思った。体臭、愛撫の仕方、体の大きさも。それに髪型を変えて、眼鏡を取ったら……。

「あなた、翔さんじゃない？　白鳥翔……」

確信があって言ったわけではない。だが、男の動きがぴたっと止まった。

「何だと……」

「作り声してるけど、わたしにはわかるわ。翔さん、変装してるんでしょ？」

「くだらんことを言うな」

男がまた彼女の頰を強く殴った。彼女の意識が次第に遠のく。

意識が再び戻ってくると、今度は変装していない本物の白鳥翔が目の前に立っていた。少なくとも広美にはそう見えた。彼女は依然、裸に剝《む》かれたままベッドに横たわっていた。

「助けて、翔さん……」

蚊の鳴くような声が喉から漏れる。彼女は精一杯の力をふりしぼって、彼に腕を開いた。

「汚らわしい売女《ばいた》め！」

男は彼女に覆い被さり、首に手をかけた。

「く、苦しいわ、翔さん」

彼女は漠然と死を意識した。

「翔さんに殺されて本望だわ」

それが混濁した意識の中で考えた最後のことだった。

3

白鳥翔は白山から立花広美のマンションまでタクシーを飛ばした。月末で交通が渋滞していたこともあり、到着までに四十分近くもかかった。

マンションの一階に車を乗りつけると、階段を一気に駆け上がった。広美の部屋に達した時には、さすがに息が荒くなっていた。八時二十分だった。

彼女の部屋のドアは閉まっていたが、ノブをまわすと、抵抗なく開いた。部屋の中は真暗だ。彼は震える手でスイッチを探った。

白鳥は一度だけ、ここに来たことがあり、部屋の配置についてはわかっているつもりだった。ワンルーム・マンションで手前左にバスルーム、右手に流し台と大型の冷蔵庫があるはずだった。ベッドは窓に接していたように思ったが……。

電気がついた瞬間、彼の足はその場に凍りついたようになった。部屋の中の配置は、彼の記憶の通りである。グリーンのカーペットの上に散乱した下着類が、まず目に入り、それを辿《たど》っていくと、ベッドの上に仰向けに横たわった裸の女が目に入った。広美だった。

「広美!」

しかし、返事はなかった。白鳥はよろよろとベッドに近づいていき、広美の動かない体を呆然と見下ろした。彼女は無邪気に眠っているふうにも見えるが、両足はだらしなく開いていた。足の付け根には黒々とした陰部がのぞき、ナメクジの這ったようなぬめりがあった。

「広美」

白鳥はもう一度呼びかけた。やはり返事はない。

「だから、あれほど山本を入れるなと言ったのに」

悔やんでも遅かった。彼女の体に触れてみると、まだ生きているように生暖かい。それはつまり、死んで間もないということだろうか。

気が遠くなりそうだった。いつまでもなすすべもなく、彼はその場に立ち尽くした。

どのくらいそうしていたのかわからない。ふと我に返ると、背後に人の気配を感じた。あっと思った時は遅かった。ふり向きざま、何か固いものが彼の頭にぶつかり、彼は膝から崩れていった。


気がついた時、白鳥は自分がどこにいるのかわからなかった。

頭がずきずきと痛む。左の側頭部に手をあてると、大きな瘤《こぶ》ができていた。顔をしかめながら、ゆっくり頭を持ち上げる。

白鳥はホウロウ張りの床に倒れているようだった。冷気が身を包み、意識がはっきりしてきた。すぐ目の前に腰掛け式の便器があるところを見ると、どうやらここは浴室らしい。ということは近くに浴槽もあるはずだ。彼はゆっくり身を起こした。

何かが白鳥の頭に触れた。ひんやりとした感触。何だろうと思い、後ろ向きのまま、手でさわってみた。

「うわっ」

彼は慌てて手を離す。氷のように冷たい足だった。足の指に手が触れ、見ないでも足だとわかったのである。おそるおそるふり返ると、浴槽の端から二本の足が突き出ていた。

「まさか、そんな……」

頭を押さえながら立ち上がり、浴槽の中を見た。

嫌な予感が的中した。全裸の広美が水の中に沈んでいたのである。目をかっと見開き、白鳥のほうをとがめているように見ていた。髪が海草のように水に漂っていた。

「どうなっているんだ、これは」

白鳥の記憶では、彼女はベッドの上で死んでいたはずである。死んで間もない頃に白鳥が駆けつけてきて、呆然としているところを何者かに殴られた。それが山本安雄の仕業であることはわかっているが、なぜ山本が広美の死体をわざわざ浴槽に沈め、気を失った白鳥の体を浴室にまで運んだのか。

時計を見ると、九時十分になっていた。つまり、白鳥は数十分もの間、倒れていたことになる。

だが、いつまでもこうしているわけにもいかなかった。広美の死体を水の中から出さなくてはならない。白鳥は上着を脱ぎ、シャツを腕まくりして、彼女の頭をつかもうと水の中に手を突っこんだ。

既視感というものが人間にあるとすれば、今の白鳥が経験しているのがそれだろう。彼は冷たい水から彼女の頭を出そうとしている時に、かつて自分が同じようなことを体験したことがあるような錯覚に陥っていた。頭から引っぱり出すよりは、足から出したほうが楽に持ち上がると、影の声が教えてくれたのである。

濡れて、かじかんだ手をハンガーにかかっていたタオルで拭き、彼女の足に手をかけた。今度は簡単に彼女の体が動き出した。

そうだ、この要領だと考えて、さらに引っぱろうとした時だった。部屋の外の通路を何人かがどたどたと駆ける足音が聞こえ、浴室のドアがいきなり開かれた。

「おーい、いたぞ。ここだ」

一人の制服の警官が仲間に呼びかけ、白鳥に飛びかかってきた。白鳥は慌てて広美の足を離した。彼女の体はするりと浴槽内に戻り、水が大きく波を打った。

「殺人の現行犯として逮捕する」

「違う、違うんだ。私がここに来た時、彼女はもう死んでいたんだ」

警官は白鳥の腕を乱暴につかみ、手錠をかけた。狭い浴室の中にもう一人の警官が入り、広美の死体を眺めていた。

「よし、来るんだ。話は署で聞く」

「話を聞いてくれ、私は……」

白鳥は有無を言わさず浴室から引き出された。部屋の中では私服の男が無線で署に応援を頼んでいた。

パトカーの中で、白鳥はとんでもない苦境に追いこまれたと思った。これはもちろん山本安雄の仕掛けた罠なのだ。彼はその罠にまんまと引っかかってしまったのである。山本を探し出して罪を認めさせないかぎり、白鳥は釈放されないだろう。

どこかしら『幻の女』の設定に似ていると思った。そして、あっと叫んだ。広美が浴槽に沈められていたのは、『幻の女』の一場面を忠実に再現したものだと気づいたのである。

「畜生、山本の奴め！」

歯の間から息が漏れる。これは周到に計画された犯罪なのだ。山本をみくびった白鳥にも少しは油断があったのかもしれなかった。

この恨み、どう晴らしてくれよう。

白鳥は今もずきずき痛む頭を抱えながらパトカーのヘッドライトの照らす白い路上を眺めた。眼の中に復讐の焔《ほのお》を燃やしながら——。

4

人気ベストセラー作家の犯した殺人事件ということで、マスコミの報道は連日騒がしかった。新聞、週刊誌はもちろんだが、テレビ各局のワイドショーでも、「推理小説を地でいく推理作家の犯罪」と題した特集が組まれ、マスコミの関心の高さを物語っていた。

いろいろな報道を総合すれば、次のようになる。

被害者の立花広美（二三）の死因は絞殺による窒息死で、死亡推定時刻は二月二十六日の午後八時から八時三十分までの三十分間。犯行の状況は、愛人関係にあった白鳥翔（三二）と立花広美が性交渉（立花の体内から白鳥の体液が検出）の後に、別れ話のもつれから口論となり、かっとなった白鳥がベッドの上で彼女を絞め殺し（ベッドの上から窒息時の失禁の跡が見つかった）、さらに彼女を浴室に運んで水を入れた浴槽に沈めたと推定される。

事件後、白鳥翔の読者から、浴槽に沈めて殺す手口は『幻の女』の中で使われたものとそっくりだとの指摘があった。つまり、白鳥は立花広美の死を確実にするために、『幻の女』の手口を使って彼女の死体を浴槽に沈めたのか、あるいは浴槽内の事故による溺死に見せたかったものと推察される。

なお、白鳥翔は同日の午後、立花広美と性交渉をもったこととと、ちょっとした喧嘩をしたことは認めたが、犯行に関しては全面的に否定している。

白鳥の話では、同日午後七時三、四十分頃、立花広美と電話している最中、ある人間（仮りにYとする）が彼女に襲いかかるのが聞こえたので、慌てて彼女のマンションに駆けつけたところ、彼女はすでに暴行され殺されていたという。呆然としている白鳥を、今度は何者かが（白鳥はYと主張）殴った。白鳥が気づいた時、彼は浴室内で倒れており、彼女は浴槽の中に沈められていたと供述している。

一方、白鳥が告発したYは、その後の調べで都内の北区東十条三丁目に住む三十四歳の無職の男性であることがわかった。警察の調べに対し、Yは白鳥との間に最近トラブルを起こしていた事実は認めたが、事件とは無関係だと主張した。ちなみに、Yの血液型はA型（立花広美の体内にあった精液により犯人はB型。白鳥もB型）、犯行時間の午後八時から八時三十分まで、Yが新宿の飲食店にいたことが複数の人間の証言で明らかになっており、Yのアリバイは成立している。

＊

みなさん、私は今、作家の白鳥翔のマンションの前に来ております。その後も彼は容疑を頑強に否認していますが、同じマンションの住人の間から、最近の彼の言動がおかしかったとする証言が出てきました。

こちらにお住まいの○○さんに来ていただいておりますので、話を伺ってみましょう。

――言動がおかしかったとは、具体的に言いますとどういうことなのですか？

「ええ、最近、変なビラがマンションにまかれましてね。それ以来、白鳥さん、ちょっとおかしくなったようなんです」

――ビラとは？

「はい、白鳥さんのお書きになった『幻の女』が盗作であると告発したビラなんです。私たちも、別に信じてはいなかったんですけど、例の事件がありましたからね」

――ははあ、カメラマンに暴行を加えた事件ですね？

「そうなんです。自分がやましくなければ、あんなことしませんよねえ」

――じゃあ、それ以来？

「はい、通路で会っても、白鳥さん、挨拶はしないし、いつも何か独り言を呟いているんです。私、気味が悪くて、子供を近づけないようにしていたんですよ」

――立花広美さん殺しをどう思いますか？

「はあ、やっぱりという気がしました。あの女性はこのマンションの中でも何回か見かけたことがありましてね、とても感じのいい女性だと思っていました」

――どうもありがとうございました。

ある情報によれば、白鳥は最近、極度のスランプに陥っており、精神的にも不安定な状態のようでした。現在、精神鑑定のほうも急いでいると聞いておりますが……。

では、この辺で白鳥翔のマンション前からの中継を終わります。

（某テレビ局・午前八時三十分のワイドショーの中継より）

「勾留中の白鳥翔の言動が問題になっております。私は彼は二重人格じゃないかと思っております」

(某心理学者)

＊

「白鳥翔の『幻の女』の売れ行きは、一時下降線を辿っていたが、ここにきてまた急に爆発的に売れ出し、ベストセラーのトップを堂々三週間守っている。このままでいけば、おそらく三十万部の大台に達するかという勢いを示している。

(某書籍取次会社の週報)

＊

「山本安雄が犯人に間違いありません。犯行時刻に鉄壁のアリバイがあると言ってるそうですが、そんなことまやかしに決まっています。お願いですから、よく調べてください。これには何かのトリックがあるはずです」

(白鳥翔の訴え)

七　倒錯の証明〔山本安雄の手記〕

二月二十六日（つづき）

……ぼくは期待に震える手で、鍵穴に彼女の落とした鍵を差しこんだ。ところが、鍵はまわらず、錠も解けなかった。鍵は広美の部屋のものではなく、まったく別物だったのだ。ぼくは再びチャイムを鳴らし、ドアを叩いたが、依然応答はなかった。

いつまでも、こうしてはいられなかった。いつ他の住人に見つかり怪しまれないともかぎらないので、いったんマンションを出て、外から広美に電話をかけることにした。しかし、それでも発信音はするものの、受話器は取られなかった。

彼女が約束をすっぽかしたか、あるいはちょっとの間、外出しているのか計りかねたが、ぼくは後者に賭けることにし、一時間後に出直すことにした。

八時五十分、ぼくは広美のマンションにもどってきた。

チャイムを押そうとすると、今度はドアがわずかに開いているではないか。部屋の中から光が漏れている。女の一人暮らしにしては不用心だなと思った。

ドアを開き、中をこっそり窺《うかが》った。

濃茶色の厚手のジャケットを着た男が、こちらに背を向けて立っていた。男はベッドの上に手を伸ばし、何かをつかもうとした。そこで、ぼくはぎょっとなった。ベッドの上に裸の女が横たわっていたのだ。広美であることは明らかだった。そして、男は白鳥翔だ。

白鳥が広美を殺したと、直感した。

許せない！　ぼくは胸に収めた文化包丁を手で確かめ、抜こうとしたが、思いとどまった。別のいい案が神の啓示の如く閃《ひらめ》いたのだ。手近に武器となるものを探すと、冷蔵庫の上に小さな花瓶が見つかった。

白鳥はぼくに気づいた様子もない。ぼくはカーペットをゆっくり進んだ。

そして、花瓶をふり上げたちょうどその時、白鳥がぼくの気配に気づいてふり返った。そのため、狙いがわずかにそれ、白鳥の耳の真上にあたった。花瓶は割れなかったが、鈍い音がして白鳥は音もなく崩れた。

障害物がなくなると、ベッドの上の広美の体がぼくの目に飛びこんできた。彼女は何も身につけておらず、ぼくをどぎまぎさせた。乳首が生々しく突き立ち、足が四十五度くらいの角度に開いていた。挑発的なポーズだったが、顔は蠟人形のように蒼白だった。死んでいることは触れてみるまでもなくわかった。

ぼくのものになるべきだった女。ぼくの喉から嗚咽《おえつ》が漏れる。

しかし、気を取り直して、白鳥を見下ろした。足で体を返す時、白鳥は苦しそうな呻き声を出したが、意識は失ったままだった。広美を殺した憎き白鳥め、貴様に生きたまま地獄の思いを味わわせてやるぞ。

広美の死体を抱き上げるのに抵抗を感じたが、計画の遂行のためには、つべこべ言っていられなかった。顔を背けて彼女の体を持ち上げた。思いのほか軽い。死んで間もないのか、体に温もりが感じられた。

彼女の死体を浴室に運ぶと、浴槽の底に静かに横たえた。可哀相だが、その上に水を注ぎ、浴槽を水で満たした。彼女の体は百五十五センチくらいで、決して大きくはないが、それでも浴槽から足の先がはみ出てしまった。

それから、白鳥の体を両腕の下に手を入れて後ろ向きに引きずった。重い体にてこずったが、何とか浴槽のそばに横たえることができた。すべては『幻の女』の一場面の再現であり、卑劣な男にふさわしい罠だった。白鳥が気づいた時には、彼は警察の手に落ちるという寸法だ。
確認する時間がないのが心残りだったが、ぼくはマンションを抜け出し、近くの公衆電話から一一〇番した。
計画を果たした充実感が残り、広美の死に対する悲しみは失せていた。

二月二十七日
白鳥が殺人の現行犯として逮捕されたニュースが朝刊の社会面を派手に飾っていた。予想通りの展開に、ぼくは指をパチンと鳴らす。
あと一つ気がかりなことがあるとすれば、警察の追及だった。白鳥の口からたぶんぼくの名前が出るはずで、警察の手がここまで伸びてくるのは必至である。
対策は万全のつもりだが、警察が相手となると、さすがに緊張する。

三月三日
午前十一時すぎ、窓から外を眺めていると、見覚えのあるゴマ塩頭がアパートの下の路地に姿を現した。そう、巣鴨署の荒井警部補である。その後についてくる見慣れぬ男はたぶん所轄署の刑事かなんかだろう。かなり年配の男だった。

　ぼくの予想は的中した。

　彼らは事情聴取のために、ぼくを訪ねてきたのである。やはり白鳥の口からぼくの名前が挙がったらしい。なぜ荒井警部補が来たかというと、彼が今回の事件と城戸殺しの状況が酷似していることを指摘したため、共同で捜査を進めているのだそうだ。

「君は白鳥翔と最近トラブルを起こしていたそうじゃないか？」

　荒井が質問してきた。

「トラブルというほどのものかはわかりませんけど……」

「悪質な嫌がらせだったというぞ」

「あれは、白鳥に自分の犯した罪を思い知らせるためです」

「それも立派な犯罪行為になるよ」

「白鳥がぼくを告発したんですか？」

「いや、それについてではないが、今回の事件については君が犯人だと言っていた」

「ほう」

　ぼくは余裕のあるところを見せる。

「じゃあ、本題に入るがね、二月二十六日の午後八時から八時三十分の間、君はどこにいたのかね？」

今度は、もう一人のほうがずばりと切りこんできた。

「その時間には、新宿で飲んでいました」

「それを証明する人はいるかね？」

相手は、そんな者いるはずがないと思っている。顔を見ればわかるのだ。

ところが、どっこい、そう簡単にはいきませんよ。

「しょんべん横丁の『まつ』という店で、その頃、一杯やってました」

「それを証明する人がいるかね？」

「もちろんです」

ぼくは胸を張った。「ママかお客さんに聞いてもらえば、バッチリです。八時から八時半までの三十分、ぼくは酒を飲んでいたんですから」

ぼくの自信に溢れた態度に、二人は顔を見合わせた。彼らは明らかに戸惑っていた。

普通、推理小説の場合、こういうのは作為の匂いが強いということになるのだろう。

「ぼくには、完璧なアリバイがあります」

と、ぼくはあえて言ってのけた。アリバイがあると堂々と言う者は、推理小説の世界では怪しいとにらまれる。例えば、鮎川哲也の小説なら、こういう手合いが一番怪しくて、結局は犯人になるのだ。でも、ぼくの場合は違う。

「どうぞ、お調べください」

と自信満々に言った。

「新宿と笹塚の間は、車だったら最低十分、地下鉄や京王線だったら待ち時間や歩く時間を含めて二十分というところでしょうか」

ぼくは懇切丁寧に教えてやった。

果たして、ぼくの言葉は「まつ」のママや、その場に居合わせた複数の常連客によって裏付けられた。それとは逆に、白鳥はますます苦境に立たされることになった。ざまあ見やがれ。ぼく自身の手で直接葬ることはできなかったのは残念だが、これで白鳥翔の名声は確実に地に落ちた。大いに満足しなければならない。

復讐は成就されたのだ！

第三部　倒錯の盗作

＊さあ、物語はいよいよクライマックスへ。衝撃的などんでん返しが、あなたを待っています。あなたは、この小説のからくりに気づきましたか？　　　　（筆者）

〔第20回　月刊推理新人賞〕
募集開始！

本賞は推理作家の登竜門として、わが国で一番古く伝統があり、これまで有能な作家を輩出してきました。第19回に引きつづき、新たに第20回の原稿を募集開始します。推理界に新風を送る力作をお待ちしています。

主催／月刊推理社

一　第一の盗作

1

『四月一日

東京では桜が花開き、ようやく春めいた気候になってきた。ぼくは「月刊推理」を閉じると、大きく溜息をつき、窓の外を眺めた。

あと五ヵ月、そう、あと五ヵ月なのだ。月刊推理新人賞の締切まで五ヵ月と迫っていた。今、ぼくは……』

山本安雄が去年の日記を読み返してみると、そんなことが書いてあった。山本にとって、実にいろいろなことがあった一年だったが、月日がめぐって今年の四月一日も、去年と全く同じ状況にあった。

同じ東十条のボロアパート、二階の四畳半の部屋、窓辺の折りたたみ式の机に向かって、山本は月刊推理新人賞の応募のため構想を練っていたのである。机の上には

「月刊推理」の応募要項の載ったページが開かれている。桜は満開といったところで、すっかり春らしい気候になっている。呆れるくらい去年と同じなのだった。違っていることと言えば、親友の城戸明がこの世にいないことぐらいだろう。

『幻の女』の盗作の件については、今のところ白鳥翔がやったのを立証することはあきらめている。貧乏な小説家志望の男の話など、誰も信じてくれるはずもないので、次の作品で一発当てて有名になってから、改めて山本が実作者だと訴えようと考えていた。自分自身の実力については、『幻の女』が受賞したことでも証明済みなので自信はあった。

開け放った窓から、心地いい春風が彼の部屋に入ってきた。気分は爽快だった。『幻の女』は、残念ながら盗作されてしまったが、白鳥翔が今、獄中で味わっている悲愴感を思えば、そんなことは帳消しだ。白鳥は、たぶん有罪となり、相当重い刑が下されるにちがいない。本当にいい気味だと思った。

白鳥翔か……。

白鳥のことを考えた時、ふと山本の頭の片隅に閃《ひらめ》くものがあった。

小説の着想だった。それは次第に形をなしてきて、彼の前に全貌を現した。

去年の『幻の女』の時もそうだったが、着想というものは、往々にして些細《ささい》なことから浮かぶものである。今度のものも、新しい小説のとびきりの着想だった。『幻の女』を生み出すのに、あれほど時間をかけた去年と比較すると、いきなり構想を練り始めた初日に浮かぶのだから、まさに奇跡と言えた。

やはり、『幻の女』を書き上げた自信が力となっているのかもしれない。山本は自分が只者《ただもの》ではないと思った。決して自惚《うぬぼ》れではない。

この調子で量産できるのなら、『幻の女』ごときは白鳥にくれてやってもいいとさえ思った。

その究極のプロットとは――。

白鳥翔を主人公とした異常心理小説である。白鳥が山本の『幻の女』を盗み出し、応募するまでを第一部として、仮に「盗作の進行」とする。第二部は、白鳥が新人賞を受賞して一躍ベストセラー作家になるが、常に実作者の彼（山本安雄）につきまとわれて、ついには錯乱状態に陥り、恋人の立花広美を殺す。仮に「倒錯の進行」とでもしておこう。そして結局は山本の勝利に終わるようにするが、多少の脚色は付け加える。

ストーリーは起伏に富み、迫真性があるから、かなり面白い小説になること請《う》け合いである。山本は日記をつけているから、日記を一つの流れとし、それに並行して白鳥側のストーリーを入れるのだ。うまくすれば、B・S・バリンジャーの『消された時間』や『歯と爪』なみの傑作になるかもしれない。

　山本はその作品で今度の月刊推理新人賞を狙うとともに、その受賞（絶対確実だ）によって、『幻の女』の盗作の一件を世間に公にすることができる。まさに一石二鳥というわけだった。

　締切の八月三十一日まで五ヵ月あるので、時間は充分にある。早速、山本はその日から作品の構想を練り、プロット作りに励んだ。


　五月に入ると、山本はいよいよ小説を書き始めたが、そのうちに一つの大きな壁にぶつかることになった。それは、白鳥翔の人となりをほとんど知らないことで、白鳥の心理描写をするのに、ひどくてこずったのである。白鳥については、白山のマンションその他で、本腰を入れて取材したほうがいいかもしれない。

　その日は一応の枚数のノルマをこなしたので、夕食をとりにいくことにした。山本はジャンパーに腕を通し、部屋を出かかったが、ちょっと暑いかなと思い、いったん着たジャンパーを脱ごうとした。その時、ポケットの中から何かが落ちた。

　鍵だった。一目見て、それが何であるかわかった。忙しさにまぎれて考えることもなかったが、それは立花広美が白鳥のマンションの前で落とした鍵だった。山本が彼女の部屋を訪ねようとして、鍵が合わず、結局そのままポケットに入れておいたのである。

山本はその鍵を掌の中で転がした。

広美の部屋の鍵でないとすると、この鍵はどの部屋のものだろう、と彼は考えた。

「まさか、白鳥のマンションの鍵だったりなんかして……」

彼はふと浮かんだ考えを一笑に付した。そんなばかなことがあるはずがないではないか。

「いや、待てよ」

その考えもまんざら捨てたものではないと思った。あの時、広美は白鳥のマンションを出てから、この鍵を落としたのだが、白鳥と喧嘩をしていたとすれば、かっとなって白鳥の鍵を路上に捨てたということも考えられる。

それはつまり――。

山本の目が輝きを増した。

夜中の十二時、山本は白鳥のマンションに着いた。通りに人影がないのを見すまして中に入る。マンションには何度も来ているが、白鳥の部屋に入ったことは一度もない。

五〇五号室の前に立って、念のためドアに耳をつけた。物音ひとつしなかった。山本は通路の左右を確かめてから鍵を差しこんだ。カチャッという音がして、錠が解けた。

やはり白鳥の部屋の鍵だったのだ。

ノブをゆっくりまわし、ドアを手前に引く。当然ながら部屋の中は真暗だった。かすかにカビ臭い。

暗闇の中で、しばらく人の気配を窺《うかが》う。異常がないとわかると、電灯のスイッチを入れた。山本のいるのは、ダイニング・ルームのようだった。八畳ほどの広さの中に、流し台、食器棚、冷蔵庫などが並び、中央にテーブルと椅子が二脚あった。テーブルの上を指でこすると、うっすらと埃《ほこり》がついた。事件直後には捜査員が出入りしたのだろうが、少なくとも四月から一ヵ月以上、人が足を踏み入れた形跡はないようだった。

左手と突き当たりにドアが一つずつある。左手のほうが少し開いていたので、山本はそちらを先にのぞいてみることにした。寝室だった。セミダブルのベッドが中央に据えられ、寝乱れたままのシーツが三ヵ月前の白鳥と広美の情事の跡を物語っていた。山本は生臭い獣の匂いを嗅《か》いだように思い、胸がむかついた。

寝室はそのくらいにして、もう一つの部屋に入ってみた。シャンデリアのような凝った装飾の照明が灯ると、彼はその部屋の豪華な調度類に驚いた。広さは十畳くらいで、床に毛足の長い高価そうな絨毯《じゅうたん》が敷きつめてあり、中央にソファーとテーブルの応接セットが一式、二方の壁に備え付けの書棚があった。すべて、『幻の女』の印税収入で購入したものだろう。

テラスに面する大きな窓に接してライティング・デスクがあった。偽作家の形だけの仕事場か、と山本は鼻で笑った。

デスクの上には原稿用紙が乱雑に置かれている。広美の殺された日、白鳥が電話の中で新しい原稿を書き始めていると言っていたのを山本は思い出した。白鳥がどんなものを書いているのか気になって、原稿用紙の一枚目を手に取った。

『倒錯のロンド』と、タイトルらしき文字が書かれている。タイトルに関してだけはまず及第点をやれる。

彼は一枚目をめくった。

「何だ、これは」

一瞬、わが目を疑った。原稿用紙には、山本の名前がびっしりと書かれていたからである。すべての枡目《ますめ》が「山本安雄」で埋まっていた。興味を引かれて次から次へとめくっていった。

「頭がいかれている。あいつの書いていたのがこれだとすると……」

そして、山本は笑い出した。よし、今度の作品の中にこれを使ってやろう。白鳥の精神状態を知る上で貴重な資料である。

『幻の女』は白鳥翔が盗作したが、この『倒錯のロンド』は山本が〝盗作〟することになる。『幻の女』四百二十枚と『倒錯のロンド』五十枚では、釣り合いがとれるとは思えないが、まあいいだろう。

六月中旬になり、梅雨の季節に入った。日本では最もすごしにくい時期であるが、山本は特にそれを痛感した。アパートで窓を開けていると、じっとりとした空気が侵入するし、閉めきったままでいると、室温が耐えられなくなるほど上昇するのである。

原稿はすでに半分ほど進み、ストーリーは佳境に入っていたが、この劣悪な条件下では筆の進みも滞りがちだった。せめて冷房があればと思うが、食っていくのがやっとの経済状態では、それもないものねだりである。雑誌で熱気をかきまわすのが精一杯だった。

山本は梅雨のない北海道や爽やかな信州の高原を頭に描いた。湿気がなく、しかも静かな環境の部屋がほしいと恨めしげに考えつづける。つい気持がめげそうになるが、七月、八月になれば、酷暑地獄という、さらに厳しい条件下に置かれるので、今やるしかないのである。

仕方がないなと思い直してペンを握った時である。一ヵ所だけ、山本の希望を満たすところがあることに気づいた。今まで思いつかなかった自分の迂闊《うかつ》さを呪う。ペンを持っているのが急にばからしくなり、机に放り投げた。

山本は原稿用紙と筆記用具をまとめて、紙袋に入れた。ポケットには白鳥の部屋の鍵が忍ばせてあった。白鳥の部屋なら間違いなく冷房があるし、とびっきり静かなはずである。

山本はにんまりと笑うと、今日からの新しい〝仕事場〟へ向かった。

『幻の女』の印税で入手したマンションだから、山本にも当然使用する権利があるわけだが、それにしても白鳥の部屋は信じられないくらい快適だった。

冷房のよく効いた仕事場、いつでも浴びられる熱いシャワー、ふわふわのベッド。

窓からの眺めにしたって、緑が多く、心をなごませるものがあるし、ライティング・デスクに向かっていると、いかにも作家になったような気分になれるのだった。

管理人のいる朝九時から夕方の六時までは、マンションの出入りを極力避け、夜間も窓のカーテンを閉めて、隣室の人間に気づかれないようにした。万全の注意を払っていたが、たとえ見つかっても開きなおるつもりでいた。『幻の女』の印税で購入したマンションを実作者が使うのだ。当然の権利を行使するのに、人にとやかく言われる筋合はないのである。

だが、それから一ヵ月たっても何も言われないところをみると、この部屋の管理費や電気代などの生活費は銀行の引き落としにしてあるのかもしれない。白鳥の口座には、預金が潤沢にあるはずだから、かなり派手に使ってしまってもかまわないだろう。山本は自分の金はどんどん使おうと思った。

それにうまいことに、人の噂も七十五日と言って、白鳥の事件の話題はいつしか消えてしまっていて、マスコミに勘づかれる恐れもなかった。

依然、『幻の女』は順調な売れ行きを示していたが……。

2

東十条のアパートに、山本は週に一回ほど帰った。郵便物を白鳥のマンションで受け取るわけにはいかなかったからである。ほぼ一ヵ月、白鳥のマンションで起居し、おかげで原稿も九割方、完成していた。生活資金は少なくなっていたが、締切までは何とか持ちこたえられるだろう。今度の原稿を発送したら、久しぶりにアルバイトでもしてみようと思った。

七月下旬のその日、山本はアパートに荷物整理にもどったが、それがせっかく順調に滑り出した彼の運命を変えることになった。

管理人が帰る時間を見計らって、山本はマンションを出た。その途端に熱波が彼を襲った。

冷房の効いた部屋に長い間いると、ほんの少しの外出でも暑さが身にこたえる。特にここ数日は真夏日がつづいたため、午後九時前に東十条のアパートに着いた時、彼はぐったりとなっていた。こんな酷暑地獄に何年も住んでいた自分が信じられなかった。早くマンションに帰ってシャワーを浴びたかった。

アパートには田舎の母親からの手紙が一通来ているだけで、他に変わったことはなく、山本は再び部屋の戸締りをした。アパートの他の部屋は学生たちの帰省で人の気配もない。

べっとりと肌にくっついた下着を不快に感じながら、彼の心は居心地のいい白鳥のマンションに飛んでいた。だから、一人の男に尾行されているとは夢にも思わなかった。

マンションにもどり、シャワーを浴びてさっぱりすると、山本は早速、仕事にかかった。時刻は十時半だった。作品のタイトルは、白鳥の原稿からもらって、『倒錯のロンド』とした。白鳥にしては、いいタイトルをつけたものだと改めて感心する。

それから三十分、山本は執筆に没頭した。仕事場では、デスクのそばのライトだけが灯り、彼の姿だけが薄暗い空間の中でぽっかり浮かんでいた。部屋は静かである。彼がペンを走らせる音とエアコンが涼しい空気を吐き出す音がするだけだった。

その時、彼は遠くでカチャッという金属音を聞いたように感じた。

「おや、鍵を掛け忘れたかな」

気になって、ふり向いた。彼のいるところ以外、照明はあたっていないが、キッチンに通じるドアは閉まっていることは見てとれた。

「ばかだな、白鳥が帰ってくるわけないじゃないか」

空耳だと思い、再び仕事にかかる。

異常がないことを確かめて安心したところに、油断が生じた。その直後に、彼の背後でドアのノブがゆっくりと回転し始めたのである。もっとも、薄暗いので、彼が見ていたとしてもノブの回転は見逃していたかもしれない。

ドアがわずかに開き、何者かが山本の様子を窺っていた。その目に山本のデスクのライトの光があたり、紅蓮《ぐれん》の炎のように映る。やがて男は決断して右足を一歩踏み入れた。男は山本の注意が原稿に向かっているのを知ると、今度は左足も入れ、体全体を部屋の中に入れた。

山本にとって不幸だったのは、床に敷かれた絨毯が厚手なので、侵入者の足音を吸収してしまったことであった。その上、男は細心の注意を払って歩を進めたから、山本が気づくのも遅れた。

山本が異変に気づいたのは、顔を上げて一休みした時だった。彼の目の前には、カーテンが閉めてあったが、その端が心もち動いたように感じたのである。エアコンの空気の流れとも違った。ドアの隙間風のように思えた。

確かさっきはドアは閉まっていたはずだったが……。

ふり返ったその時、唸りを上げて迫ってくる男の姿が映った。咄嗟《とっさ》に体をそらしたが、男の攻撃をかわすことはできなかった。額に鈍器のような固いものがあたり、目の前で火花が炸裂《さくれつ》した。山本は椅子ごと絨毯の上に倒れた。

どのくらいたったかわからない。山本は徐々に意識を取りもどしていった。目を開くと、自分の体がソファーの上にうつぶせにされているのがわかった。首をもたげると、頭が割れるように痛んだ。うっと呻き声が漏れる。

「気がついたか、山本」

男の声。嘲《あざけ》るような響きは、最近どこかで耳にした記憶がある。顔をしかめながら声のしたほうに首をまわすと、テーブル越しに黒いシャツを着た白鳥翔が、ソファーに足を組みながら座っており、山本を見て笑っていた。

「白鳥、どうしてここに？　刑務所にいるのではなかったのか」

「おまえって、本当にばかな男だな」

白鳥の声とは違っていた。よく見ると、白鳥ではなかった。見たこともない男だった。体型や顔の輪郭は白鳥と似通っているが、まったくの別人である。眼鏡をかけていなければ、口髭もたくわえていない。一見、スポーツの選手という印象を受けた。

男の手に白い装丁の本がある。山本が『倒錯のロンド』の執筆に資料として使っている、山本自身の去年の自由日記だった。

「おまえは誰だ？」

「白鳥翔だよ」

男は嬉しそうに言った。

「嘘をつけ」

「じゃあ、言いなおそう。もう一人の白鳥翔だ」

「冗談はやめろ」

大きな声を出したので、頭の中心部に鋭い痛みが走った。山本は手でこめかみを押さえた。

「それが冗談じゃないんだな。おれは白鳥翔の分身なのさ」

「そんなこと、あるわけがない」

「いや、それがあるんだな。白鳥は二重人格なんだ。その一人がおれってわけさ」

「そんなことはありえない。だって、白鳥は今、刑務所の中だぞ」

「わからん奴だな。だから、おれは影の世界の白鳥翔ということになるんだ」

男の言っていることが、山本には理解できなかった。二重人格とは一つの個体の中に異なる二つの人格が存在することを言うのだが、今、山本の前に展開していることは、それとは意味を異にしている。

「まさか、影武者なんてことがあるわけがない」

「おお、それだよ。影武者みたいなもんだ。おれは白鳥とは常に対《つい》で行動しているんだ」

「そんなばかな」

「黙れ、うじ虫め！」

「あっ」

山本は思わず叫んだ。今の「うじ虫め！」という言葉に聞き覚えがあったのである。地下鉄の白山駅で電車に向かって押された時、耳元で聞こえた囁き声だった。

山本はソファーから足を下ろして、立ち上がろうとした。

「おい、そのまま横になってろ。言うことを聞かねえと、ぶっ殺してやる」

凄みのある脅しには真実味があった。体の大きさから見て到底太刀打ちできないと思ったので、山本は男の言うなりになった。

「おまえだな、ぼくを地下鉄で殺そうとしたのは？」

「おう、今頃気がついたか。おれはおまえのために随分ひどい目に遭ったんだ。そのくらいのことしても当たり前だ。死ななかったとは、悪運の強い奴だぜ」

「どうして、ぼくを殺そうとしたんだ」

「おれを散々だましてくれたからだ。このペテン師野郎」

だが、山本にはこの男の恨みを買う理由がわからない。

「じゃあ、広美を殺したのも……」

「ああ、おれがやったんだ。白鳥に代わってな。殺すには惜しい女だったが、仕方がない。いい体してたぜ、あの女」

男の角張った顔が下品に歪んだ。煙草のヤニで汚れた歯が光った。

「人間のクズめ！」

山本は罵《ののし》った。

「ばかやろう。うじ虫の分際で人のことをとやかく言うな」

男がテーブル越しにやってきて、足で山本の頬を蹴りつけた。山本の頬の内側の粘膜が破れ、口の中が血なまぐさくなった。

「いずれにしろ、これでおまえの運命も終わりだぜ」

男は顔をくしゃくしゃにさせて笑ったが、目は笑っていなかった。山本は男の目の中に狂気の光を見て背筋が寒くなった。こんなところで人知れず死にたくなかった。

男に視線を向けながら目の片隅で武器となるものを探す。テーブルの上に厚いガラス製の灰皿があった。

山本は男の話をできるだけ引きのばして、攻撃する隙を窺うことにした。

「山本、おれはな、おまえが許せないんだ。ずっと、おまえを殺す機会を狙ってきたんだが、今日やっと見つけて後をつけてきたら、こんなところでのうのうと暮らしているではないか。びっくりしたぜ。だがな、もう年貢の納め時だから、覚悟しておけ」

男がまた楽しそうに笑う。

そこに一瞬の隙が生まれた。少なくとも、山本はそう考えた。彼は灰皿に素早く手をのばすと、渾身《こんしん》の力をこめて男に投げつけた。だが、横になっていたことが災いして、狙いがはずれ、男の肩にあたった。灰皿はころころと部屋の端まで転がっていった。これが男の怒りを爆発させる結果となった。

「この野郎、ふざけやがって」

怒り狂った男が山本の胸元をつかんで立たせ、一発強く殴った。その勢いで、山本は絨毯の上に頭から落ちた。目の前が真赤になる。

男は攻撃の手を休めず、倒れている山本の腰、腹、背中をめちゃくちゃに蹴りつけた。

　山本は男の攻撃にまぎれもない殺意を感じとった。

　最後に、男は山本の頭を思いきり蹴飛ばし、彼の顔を革靴の底で乱暴に踏みつけた。

　山本が意識を失う寸前、田舎の母親の面影が脳裏にふっと浮かんで消えていった。

二　第二の盗作

1

今年の月刊推理新人賞も八月末日で締め切られ、約二百二十篇の応募があった。最近数年の応募数は、ほぼ横ばい状態だが、作品のレベルは確実に向上していた。

「月刊推理」編集部では、受け付けた原稿をまず下選委員数名にわたし、下読みをしてもらう。いわゆる荒選びである。応募者の中には原稿用紙の使い方も満足に知らないし、文章も小学生の作文の域を出ないものもかなりある。これらをふるいにかけ、一応残った百篇が第一次予選通過作品、さらにストーリー性、文章力をじっくり審査して残った約二十篇が第二次予選通過作品となる。

「月刊推理」の中間発表では、見開きの誌面に一次予選通過作品を一挙に掲載し、二次予選通過作品はゴシック体（太字）にして、その差を明確にしている。

残った二十篇は予選委員四名に委嘱し、さらに検討が加えられる。そして、委員の間で激しい議論をたたかわせた末に選ばれた五篇が候補作として本選考に上げられ、このうち一篇（時には二篇）が「月刊推理新人賞」の受賞作となるわけである。

十一月の中旬、「月刊推理」副編集長の藤井茂夫は、予選委員から候補作五篇の生原稿を受け取り、一つ一つをデスクの上でざっと目を通していた。今回の候補作の出来がまあまあだったことに満足しながら、最後の五篇目の原稿を取り上げて、ふと手を止めた。

『盗作の進行』という作品だった。決してうまいタイトルではない。むしろ不器用とさえ言える。賞に応募するくらいなら、鬼面《きめん》人を驚かすほどではなくても、選考委員が読んでみたくなるような派手なタイトルのほうが作戦的には成功する。賞というものは、かなり運が左右するものだから、消極的なタイトルだと、選考委員に与える印象が弱くなる可能性がある。だから、この『盗作の進行』というそっけないタイトルは、最初から賞を放棄したようなものである。

しかし、藤井は考えた。それでも、最後の五篇まで勝ち残ってきたということは、よほど内容が凄いのではないかと。

なるほど、読んでみて驚いた。とにかく無類に面白いのである。他の四篇も一応水準には達しているのだが、この作品と比べると存在も霞んでしまうくらいだった。テーマは復讐物のサスペンスで、日記の形式をとっているのが成功の一因と言えるだろう。

第一部は、主人公の「ぼく」の原稿を書き上げるまでの苛立ち、そして、せっかく書いた原稿を奪われ、友人殺しの汚名を着せられるまでの屈折した心理描写が真に迫っていて、異様なサスペンスを醸《かも》し出している。第二部は、それとは一転した構成になっている。盗作した作家に対する「ぼく」の復讐譚で、作家と「ぼく」が次第に狂気の道を進んでいく過程が悪夢を見るように生々しい。作者が実際に体験しなければ書けない気にさせるほどである。

「作者が実際に体験しなければ書けないか」

藤井はそう口に出してみて、はっとなった。「ま、まさか……」

これは山本安雄と白鳥翔の物語ではないだろうか。直感的にそう思った。登場人物の名前は適当に変えてあるが、すべてがあの二人にぴったり符合している。山本安雄が「月刊推理」の編集部に直談判に及んだエピソードさえある。そして、最後は盗作者が殺人を犯して、警察に逮捕され、「復讐は成就されたのだ！」と結んであった。

「まさしく、これは……」

現に今、白鳥翔は立花広美殺しの犯人として拘置所にいるではないか。

作者の名前を見たが、藤井の知らない名前だった。山本安雄が偽名で応募したのではないだろうか。「月刊推理」の編集部に藤井がいるかぎり、本名で応募すれば落とされる、と山本が深読みしたともとれるのだ。

藤井はこの作者に電話しようと、電話に手をのばしかけた。だが、どのように話を切り出せばいいのだろう。相手が後ろ暗いことをしているのであれば、逆にこちらの意図を勘ぐられる恐れもある。それだけは絶対に避けたかった。

藤井はいったん手にした受話器を置き、新人賞関係の資料が入ったロッカーから去年のファイルを取り出した。それには応募者全員の住所、氏名、電話番号が記録されている。去年の分の二百十七名の中から、彼は山本安雄の名前を探しあてると、住所と電話を見た。だが、それは今回の『盗作の進行』の作者のものとは違っていた。ということは、二人はまったくの別人なのか。

このまま手をこまねいていても問題は解決しない。あまり電話をしたい相手ではないが、とにかく山本安雄にコンタクトしてみよう。何かわかるにちがいない。

発信音が二度鳴って、女の声が出た。「この電話は現在使われておりません」という事務的な合成音。藤井は黙って受話器を下ろすと、煙草に火をつけた。

はて、山本安雄は一体どこに移転したのだろう。これは追求してみる価値はあるな。

　実を言うと、選ばれた五篇の候補作は、来週までに本選の選考委員にコピー原稿にして送付する手はずになっていた。もし候補作のうちに不正があるとすれば、今のうちに編集部でチェックしておかなければならなかったのである。

　藤井は山本安雄の住所になっている「北区東十条三丁目」のアパートに行ってみることにした。


　藤井は「平和荘」への路地に入り、山本の住んでいるとおぼしき二階を見上げた。二つある部屋はどちらもぴたりと閉ざされている。あのうちのいずれかに山本がいるはずだが、そのまま訪ねていいものかどうか思案にくれた。すると、アパートからちょうど学生風の男が小走りにこちらにやってきた。これは都合がいい。

「あのう」

　藤井は男に声をかけた。「山本さんはこちらにいらっしゃいますか？」

「山本さん？」

　怪訝《けげん》そうに歩みを止めた男は首を傾げていたが、すぐに思いあたったらしい。

「ああ、山本安雄さんのことですね」

「そうです」

「ここには、もういませんよ」

「いないって……、どちらに行かれたかご存知ですか？」

「たぶん、病院だと思いますけど」

「病院？」

「ええ、山本さん、大けがをしましてね」

「大けが……？」

「玄関先に倒れているのを、ぼくが見つけたんです」

男の話によれば、七月下旬のある朝、玄関の前で山本が意識を失っていたという。顔中が傷だらけで最初は死んでいるのかと思ったが、山本の体に触れると、呻き声を上げた。近くに争った形跡がないことから、どこか別の場所で誰かに殴られたか、交通事故に巻きこまれたかした後でここまでたどりついたのだろうと思い、すぐに救急車と警察を呼んだとのことだった。

「どこの病院に行ったかわかりますか？」

「たぶん、区立の病院だと思います。ぼく、アルバイトに行く途中だったので、その後はどうなったか知らないんですけど」

「今も入院しているのですか？」

「さあ……」

男は首を横にふった。「でも、このアパートは引きはらったみたいですよ」

男は藤井に軽く頭を下げると、「じゃ、急いでいますから」と言って、慌ただしく駆け出したが、少し行ってからふり返った。

「あ、そうそう、詳しいことは大家さんに聞いてください。この家です」

男は隣の家を指し示した。


大家のおばあさんは、山本安雄に対してすごく同情的だった。

「あんなに勉強熱心な人、わたしゃ、見たことないね。ほんと、感心するくらいさ。今どきの若い人ときたら、遊んでるばかりだからね」

老婆は玄関の板の間に座り、話してくれた。その膝の上に黒猫が飛び乗り、ゴロゴロと喉を鳴らしていた。

「でもね、山本さんて、よくよくついてない人なのよね。友だちを殺した疑いで逮捕されたり、電柱にぶつかって大けがをして入院するし、今度もまた大変な目に遭ってさ……」

七十は超えているだろう老婆は涙ながらに語ってくれた。

「山本さんは今どちらに？」

「今も入院しているんだよ。あの日からほとんど寝たきりなのさ。お母さんもお姉さんのところに寝泊まりして、毎日病院に看病に行っているって話さ」

「山本さんは、今も原稿を書いているんですか？」

「そんなこと、できるわけないじゃないの、あんな状態で……。最近、やっと歩行練習を始めたばかりだっていうからね」

ということは、あの『盗作の進行』は山本安雄が書いたものではない。つまり、それは、どういうことになるんだ。応募した奴は一体誰なんだ。

藤井は大家の玄関先で首をひねった。

2

十一月二十二日。

今年もたった一人の誕生日だが、彼は寂しくなかった。むしろ、逆に心が浮き立っていた。それもみな、「月刊推理」のおかげだった。今日発売の一月号には月刊推理新人賞の中間発表が載っていたのだ。

今朝、書店で平積みにされている一月号を手に取った時、彼は内心びくびくしていた。以前、喜び勇んで開けてみたところ、自分の名前がなかったという苦い経験があるだけに、正直言って恐かった。目次を見て、目指すページを開けた時、思わず目を閉じてしまったくらいだ。

見開きのページに、名前と作品名がびっしりと埋まっていた。神に祈るように一つ一つ目で追っていく。一段目、二段目、三段目……、なかった。次のページ、一段目、二段目ときて、半ばあきらめかけた頃、ついに見つけた。『盗作の進行』、そして彼の名前。

タイトルと名前は太字になっていた。それはすなわち、二次予選を通過したことを意味する。太字の作品は全部で二十篇あった。やったと思った。編集部では二十篇の中から候補作を選び出し、今頃は選考委員が原稿のコピーを読んでいるところだろう。そして、十二月には最終選考会が開かれ、受賞作が決定するのだ。

白鳥翔のマンションで山本安雄を叩きのめし、山本の日記を持ち帰ったのは、七月の末のことだった。それから、日記を原稿用紙にそっくり写しかえていった。もちろん、山本安雄や白鳥翔の名前は別の名前に変えている。そのくらいの知恵は彼にもあった。タイトルをつける段階で大いに悩んだが、結局『盗作の進行』でいくことにした。あまりいいタイトルではないかもしれないが、他に考えつかなかったのだから、仕方がない。むしろ、内容は面白いのだから、タイトルなんか関係あるものかと思った。

八月の末に原稿を投函し、これまで結果を待っていたのである。三ヵ月の空白期間が長かっただけに、今度の中間発表の結果は嬉しかった。

彼は今、キッチンのテーブルに座って、「月刊推理」を開いていた。何度見ても飽きることはなかった。

彼は近くのスーパーで買ってきた安シャンペンの栓を開け、グラスに注いだ。少し早いが、前祝いをやってもいいだろう。選考結果は来年一月に発売される三月号に載るが、この出来なら、候補作に入るのは確実だ。

ほどよく冷えたシャンペン。彼はグラスを高く上げて、「ハッピー・バースデイ」と言った。そして、グラスに口をつけた。気泡が口の中ではじけ、甘い香りが広がった。冷たい液体が喉を通る。そして、すぐに胃の腑から熱いものが喉元まで上がってきた。快い酔いだ。

一人だけの誕生日。

彼はグラスにシャンペンを注ぎ足して、二度目の乾杯をした。グラスに付いた水滴の一つ一つに彼の顔が小さく映った。

「ハッピー・バースデイ」

突然、チャイムが鳴った。間髪をいれず、ドアが乱暴に叩かれた。

「こんな時間に誰だよ。せっかく、人がいい気持になってるのによ」

彼はしぶしぶ立ち上がり、ドアまで歩いた。のぞきガラスから外を見ると、三人の男が立っていた。

「何だよ、こんな時間に」

とうに午後九時をすぎていた。ドアを開けて、男たちを怒鳴りつけてやろうと思った。

「あんたたち、何の用なんだ？」

男たちの顔をもっと見ようと、自分の顔を突き出した。三人の男は無表情で立っていた。黒系統のコートが闇に溶けこんでいる。

すると、男たちの背後から、松葉杖をついた小柄な男が突然現れ、彼をにらみつけながら大声で叫んだ。

「こいつだ、人殺し野郎は」

「あ、おまえは……」

彼は男の顔を見て絶句した。

三人の男のうちの一人が、胸ポケットから黒い手帳を取り出しながら彼に向かって言った。

「永島一郎だな。城戸明、および立花広美殺しの容疑で逮捕する」

三人の男は永島の返事を待たず、部屋の中にどかどかと踏みこんできた。

＊

永島一郎の部屋の外には、二本の松葉杖が散乱している。そのそばには、腑抜けのようになった山本安雄がぺたりと座りこんだまま、焦点の定まらぬ目でへらへらと笑っていた。

三　第三の盗作――真相

〔第20回　月刊推理新人賞〕

募集開始！

本賞は推理作家の登竜門として、わが国で一番古く伝統があり、これまで有能な作家を輩出してきました。第19回に引きつづき、新たに第20回の原稿を募集開始します。推理界に新風を送る力作をお待ちしています。

主催／月刊推理社

十二月一日〈山本安雄の手記〉

庭の木々がすっかり葉を落とし、めっきり冬らしい気候になってきた。ぼくは「月刊推理」を閉じると、大きく溜息をつき、窓の外を眺めた。

いつもの年なら、東十条のアパートの窓から丸裸になった桜の木を見ているのだが、今年は違う。ぼくは今、白い壁に囲まれた病院の個室の中から小さな窓越しに殺風景な荒川の土手を見ているのだった。

環境は全く異なるが、創作意欲はいささかも衰えていない。部屋に備え付けの小さな机の上には、原稿用紙が五百枚も積んであり、ぼくは万年筆片手に、いつでも小説を書き出せるよう態勢を整えていた。

小説のタイトルも決まり、ストーリーも大体固まっている。

『幻の女』。いい名前だろう。ウイリアム・アイリッシュに同名の有名なサスペンス小説があるが、ぼくも当然この古典を意識している。大都会に生きる男女の孤独を謳《うた》い上げ、そこに犯罪をからませるのが、ぼくの意図するところなのだ。

城戸明と立花広美を殺し、ぼくも殺そうとした永島一郎はすでに逮捕されているので、ぼくは命を狙われる心配もない。来年の八月三十一日の締切まで時間はたっぷりある。幸い、永島から受けた傷も順調に回復し、ぼくは心おきなく執筆にかかれるのだ。

テキストは、白鳥翔の『幻の女』だ。ぼくは何度も読んで手垢《てあか》のついたその本をぱらぱらとめくる。小説の内容は暗記しているほど覚えている。見ないでも書けるくらいだった。

さて、始めようか。

ふと病室の入口を見ると、少し開いたドアの隙間から二人の男がぼくを見ていた。なあに、あんな奴ら、気にすることなんかあるものか。

さあ……。

＊

その四畳半ほどの縦長の狭い空間で、男が折りたたみ椅子に腰かけて、一心不乱に原稿を書いていた。小さな窓には鉄格子がはまっている。その窓を通して、荒川の河川敷が見えた。

二人の男はその様子をドアの隙間からのぞいていたが、白衣を着た年配の男が連れの男に目くばせをしてドアを閉めた。

「じゃあ、山本安雄は、いつもああやって？」

ゴマ塩頭の男が訊ねた。

「そうなんです。あのように毎日、原稿を写しているわけです」

二人は重病棟を後にして、隣の建物の一階にある院長室に入り、ソファーに向き合って座った。白衣を着た院長は、オールバックの白髪に手をやって整えると、テーブルにある葉巻ケースから一本取り出した。

「よろしいですかな？」

「どうぞ」

もう一人の男は巣鴨署の荒井警部補である。くたびれた背広のポケットからくしゃくしゃのハンカチを取り出すと、額に浮かんだ汗を拭った。

院長は葉巻の煙をうまそうに吐き出すと、話し始めた。

「非常に興味深い症例です。山本安雄の書いた日記を見ていると、実に面白い」

「私も読ませてもらいました」

「予備知識なしに読むと、一人の希望に燃えた若者がせっかく書いた原稿を盗まれて挫折し、次第に狂気に陥っていくさまがよく描かれていると思うでしょう」

「ええ、私もそう思いました」

「ところが、違うんですな。よく読むとわかるのですが、もっと奥深いんですよ」

「奥深い？」

「奥深いというのは、適切な言葉ではないかもしれませんが……」

「どういうことですか？」

「つまりですね、山本はだんだん狂気の道に進んでいくのではなくて、もともと気が変だったのです」

「なんと」

「そう思って日記を読むと、山本の狂気が非常に複雑であることがわかります」

「おっしゃる意味がよくわかりませんが」

「じゃ、こう申し上げましょう。山本安雄の中には、正気と狂気の二つの人格があったのです」

「つまり、二重人格？」

「そう言ってもいいでしょう。狂気と正気のバランスがとれていたのですが、一方の正気が次第に狂気に変わっていくのです。その過程が、日記を読むと実によくわかるのです」

　院長の説明は、わかるようでいて、よくわからない。荒井警部補は眉間にしわを寄せ、理解しようと最大限の努力を払った。院長は話をつづける。

「最初から整理してみましょう。山本安雄は推理作家を志す青年でした。彼はアイリッシュの『幻の女』という小説に心酔していて、いつかはこの作品を超えるものを書こうとしていた。そして、いつの間にか、自分の書くべき作品に『幻の女』というタイトルをつけていたのです」

「そこに、白鳥翔が登場してくるのですね」

「そうです。たまたま白鳥翔が書いた『幻の女』という同名の小説が第20回の月刊推理新人賞を受賞してしまったのです。『月刊推理』で初めてその名を目にした時、山本は自分の考えていたタイトルをつけた作品が受賞したことにショックを受けるが、その時点ではまだ正気のほうが強かったから、その事実を動揺しつつも受け止めることはできた（P8参照）。しかし、意識の底にはその出来事がしつこく残っていた。いわば、無意識の自覚ですな」

「ほう……」

「それを証明する興味深い事例があります。山本の書棚には『月刊推理』のバックナンバーが何年分かそろっていたのですけれど、面白いことに、白鳥が受賞した号でストップしているんですね。他人が書いた『幻の女』を見たショックで、たぶんその号で『月刊推理』を購読する意欲を失ってしまったと思われます。ところが、山本の正気の部分はそのすぐ後の四月一日には、前年度の第20回応募要項を見て、気分を新たに第21回目に応募しようと決意するわけです（P11参照）。この辺の山本の複雑な心理は興味尽きないですね」

「なるほど、それが事件の伏線になるわけですね。何かちょっとした刺激で山本の狂気はすぐに爆発する可能性があったわけだ」

「おっしゃる通りです」

　院長がうなずいた。「さて、第20回の選考結果を見た何ヵ月か後、山本は第21回の月刊推理新人賞に応募するために日夜頭を悩ましていて、かなり焦っていました。自分の書くべき小説のタイトルが『幻の女』と決まっているだけです。そんな時に本屋で、単行本になったばかりの白鳥翔の『幻の女』を目にした。着想が浮かんだというのは、そのことを言うんです（P41参照）。買って読んだ『幻の女』は大変面白かった。そして山本の中の狂った部分が白鳥の『幻の女』を自分の作品だと思いこみ、原稿用紙にそっくり写し取っていった。それが真相なんです」

「ははあ、実際は、山本安雄が白鳥翔の『幻の女』を盗作したんだ。テキストをただ写すだけだから、原稿を書くペースが異常に速かったのですね」

「そうなんです。四百二十枚の長編をわずか十四日で仕上げるなんて、どだい無理な話ですよ。写すのなら別ですけど……」

院長は葉巻の灰を灰皿に落とし、荒井の背後の壁に掛かっている印象派風の油絵の額に視線を這わせた。

「まあ、そうした次第で原稿を写し終わって、山本はそれを親友の城戸明に見せた。城戸は白鳥翔なんて新人作家の名前を知らなかったから、山本の持ってきた『幻の女』の原稿を山本の作品だと素直に信じてしまったのです。ところが、その後、城戸が好意で清書した『幻の女』のワープロ原稿を電車の網棚に忘れてしまったものだから、話がややこしくなった」

「その原稿を、城戸と同じ車両に乗り合わせた永島一郎が拾うんですね？」

「そうです。原稿を拾った永島一郎も白鳥翔の存在を知らなかったことが、またキーポイントになっています。永島が本好きだったら、この事件はそもそも起こらなかったのではないでしょうか。もっとも、新人賞を一度取ったくらいでは、一般的に知名度が高くなるとは思いませんがね。現に私だって白鳥翔の名前を知らなかったくらいだから」

「まったく同感ですね。永島一郎は新宿でどこかの女の子を引っかけたのはいいが、彼女にばかにされて、白鳥翔というのをペンネームにしたらと勧められ、そのまま白鳥翔の名前を使ってしまった。白鳥翔の『幻の女』は、ことに女性に人気があったから、たぶんその女の子も白鳥の名前を知っていて、冗談半分に永島に言ったのですね」

警部補が笑いながら言うと、院長が大きくうなずいた。

「その通りです。永島一郎は拾った『幻の女』の原稿が面白かったので、作者を殺して自分のものにしてしまおうと考えました。実に短絡的な思考ですがね。そして永島は原稿を落とした城戸明を作者だと錯覚して殺した。ところが、すぐに人違いだと気づいて、今度は山本安雄を殺そうとしたのです」

「でも結局、永島の山本殺しは未遂に終わって、『幻の女』を写し直した山本と、原稿を拾った永島が同時に『幻の女』を第21回の賞の係に発送することになったわけですね」

「そうです」

「『月刊推理』の編集部では、ずいぶんびっくりしたでしょうね。前年の受賞作だった白鳥翔の作品とほぼ同じ原稿が、第21回に同時に二本も送られてきたわけですからね。おまけに、一つは白鳥翔とペンネームまで同じときている」

「たちの悪い冗談だと思ったでしょうな」

院長が頬に笑みを浮かべながらうなずいた。「それからの山本安雄は、永島に襲われた傷が元でしばらく入院し、故郷でリハビリをしました。体が元通りになって上京する時に、週刊誌のコラムに月刊推理新人賞受賞作家としての白鳥翔を見かけたんです。東十条のアパートに帰って、もともと本箱にあった『月刊推理』の前年度のバックナンバーで確かめると（P175参照）、自分の応募した原稿とそっくりなのがわかった」

「……………」

「大体ですね、山本が上京した一月十五日には、『月刊推理』の当年度の賞の発表号はまだ発売されていないのですよ。三月号の発売は一月二十二日です。山本の見た『月刊推理』は前年の三月号だから、第20回の発表が載っているんです。当然、受賞作は白鳥翔の『幻の女』となっているわけだ」

「なるほど。すごい！」

警部補は感嘆の声を上げた。院長はかまわずにつづける。

「第20回の選考経過を読んだ山本は、城戸から原稿を奪った男が受賞して、〝白鳥翔〟の名前で売り出しているものと思いこんでしまった。山本は当然怒り狂うし、白鳥に対して、復讐しようと考えるのは自然のなりゆきなんです」

「しかし、その一方で永島一郎という男が別に存在するから、話はよけいにややこしい」

「その通り。永島一郎は第21回に応募した作品が中間発表の予選通過作品の中に漏れていることを発見し、ショックを受ける（P147参照）。そして、その直後に本屋で白鳥翔の『幻の女』を見かけて、自分の応募した原稿と同じことに気づきます。人を殺してまで手に入れた原稿が、結局は白鳥翔の『幻の女』を盗作したものであることがわかって、すっかり頭に来たんでしょうね。当然、山本安雄に腹を立てたが、いつの間にか白鳥翔も同罪だと考えるようになった。全然関係のない白鳥こそいい災難でしたよ」

「先生、永島一郎もまともじゃなかったんですか？」

「いや、最初はまともな人間でしたよ。ただ、会社をやめて先行き不安だったために、一千万という賞金と印税に目がくらんだんでしょうな。そして、城戸を殺してからは、殺人を犯すことに抵抗がなくなってしまったんです」

「ふうむ」

荒井警部補は院長の説明を感心したように聞いた。

「それで、永島は山本をつけ狙って、白山駅で電車の前に突き落とそうとする。殺されかけた山本としては、白鳥にやられたと思いこみますから、白鳥に対していよいよ殺意を抱くわけです」

「なるほど」

「真犯人の永島一郎が立花広美の住所を知ったのは、山本を尾行していたからです。事件当日は、白鳥と山本が彼女を訪れる間隙を縫って永島が彼女を殺してしまったわけです」

「いやあ、それにはまいりました。結局、私どもは白鳥を無実の罪で、ずっと勾留していたわけですからね。永島が逮捕されなかったらどうなったかと思うと、冷汗が出ます」

荒井が苦笑するのを見て、院長が逆に訊ねた。

「警部補さん、永島は犯行を自供しましたか？」

「はあ、奴も強情でして、城戸殺しは認めたのですが、立花広美については暴行しようと思っただけで殺してないと言い張るんです」

「でも、永島が犯人に間違いないんでしょう？」

「すべての状況から見て、そうでしょう。永島が愚かだったのは、山本の日記を盗んで、それをまた原稿用紙に書き直して賞に応募したことですね。そんなことしなければば、捕まることもなかったのに。愚かな男です。『月刊推理』の編集部から第22回の月刊推理新人賞の候補作の中に『盗作の進行』という妙な作品があると通報がありましてね、それで我々も永島を内偵していて、やっと逮捕に漕ぎつけることができたんです。山本は面通しのために、遠くから永島一郎を見てもらおうと、連れていったのですが……」

警部補はいったん言葉を切ってから、つぶやくように言った。「山本にとっては結果的にすまないことをしてしまいました」

「警部補さん、あの時点で、山本の残っていた最後の正気の糸がプツリと切れてしまったんですよ」

院長にそう言われて、荒井はますます顔を曇らせた。

「山本は治る見込みはあるんですか？」

「そうですね、今のところは何とも申せませんね。もうしばらく様子を見ようと思っていますが」

「山本は今は何をやっているんですか？」

「さっきも見たように、原稿を書いています。この前と同じように、白鳥翔の『幻の女』を原稿用紙にそっくり写し取るだけですがね。今度もまた、それで第23回の新人賞に応募するようですよ。第20回の応募要項を見てね」

「まるで写経みたいなもんですな。治療中にそんなことさせて、狂気を助長するようなことになりませんかね」

「心配ありませんよ。書く行為を通じて、少しでも回復してくれるものと私は信じていますが」

「はあ、そんなもんですか」

「いずれ、山本は退院させて田舎に帰そうと思います。向こうのほうが空気はきれいだし、両親もついているから環境もいい」

「はあ……」

荒井は、山本安雄の病気がそんなことで完治すると考えていなかった。院長の楽観的な言葉に釈然としないものを感じていた。

荒井は今日、山本の調子がよくなったと聞いたので、本人に直接会って事件のことをいくつか確認するために来たのである。だが、まだこの調子では当分の間、延期したほうがいいと思った。

彼は院長に長居をした非礼を詫び、病院を出た。

荒井が門に差しかかった時、病院にやってくる腰の曲がった一人の老婆とすれちがった。老婆は彼に無関心な一瞥《いちべつ》を投げただけで、通りすぎていった。荒井は、七十歳くらいの老婆のしわの刻まれた顔に、かすかに山本安雄の面影を見たように思った。

「山本のおふくろさんか。一番つらいのは彼女かもしれないな」

荒井は息子を思う母親の気持が痛いほどにわかった。

「北山メンタル・ホスピタル」と書かれた花崗岩の門柱に手をかけながら、彼はいつまでも老婆の後ろ姿を見送った。

四　最後の盗作

白鳥翔が自宅のマンションにもどったのは、十二月三日だった。立花広美の部屋で逮捕されてから約九ヵ月がたっていた。永島一郎という予期せぬ真犯人の出現で、ようやく白鳥の無実が証明されたわけだが、二月末から約九ヵ月に及ぶ勾留生活は、文字通り白鳥を地獄に突き落とした。このまま釈放されずにずっと身柄を拘束され、先行き希望のない不毛の生活をつづけるのかと、何度も頭の中で同じ問いを繰り返す毎日だった。

だから、九ヵ月で釈放というのは予想外であったし、もし最初から九ヵ月だとわかっていたら、不自由な身でも、もっと違った楽しみがあったろうにと思った。

割りきれない気持で白鳥が白山のマンションに帰った時、部屋の印象が若干変わっているような気がした。九ヵ月の不在のためだけではない。異臭というか、男の匂いというか、はっきり形に表れない何か……。

白鳥の直感がそれを告げていた。

銀行の自動引き落としになっている公共料金の通知書を見た。この九ヵ月は全然使用していないので、基本料金だけの支払いのはずである。ところが、六月、七月の支払い分を見た時、はっとなった。使っていないのに、その二ヵ月は料金が突出して多いのだ。特に電気料金は一万円を超えていた。そして、八月から先はまた元の基本料金に戻っている。

それは電力会社の単純な計算ミスなのか。しかし、一つだけの間違いならわかるにしても、電気、ガス、電話全部となると、これはおかしい。誰かが六月、七月の間、ここに住んでいたとしか考えられなかった。

鍵を持っているのは、白鳥自身と立花広美のはずだった。白鳥の鍵は今手元にあるし、広美のものは……。どさくさにまぎれて、どこに行ったかわからない。

その謎はしばらく置いておくとして、白鳥は仕事場に入った。

ライティング・デスクに目をやった。白鳥は広美のマンションで逮捕される直前まで『倒錯のロンド』という小説を五十枚書いていたはずだった。今見ると、確かにデスクの上には原稿用紙があった。一枚目のタイトルにも、ちゃんと『倒錯のロンド』

と書いてある。しかし、書かれている文字は白鳥のものではなく、原稿の枚数も五十枚どころか、何百枚もある。

不審に思って、白鳥はその原稿を読み出した。

プロローグを読むと同時に、彼はいつの間にか作品の世界に引きこまれてしまった。異常な世界だったが、無類に面白かった。彼は時の経過も忘れて『倒錯のロンド』を一気に読んだ。

最後の一枚を読み終えた時、宵闇が部屋の中に忍びこんでいた。

傑作だと思った。悔しいけれど、白鳥自身の『幻の女』よりも数段も上の出来だった。それと同時に、さっきの二ヵ月間の謎が解けた。山本安雄が原稿を書くために、ここに入りこんでいたのである。広美の鍵を手に入れたのは山本だったのだ。

原稿の枚数は三百八十枚だった。読み終わった時、山本がなぜ白鳥に対して憎悪を抱いていたのか理由がわかった。恐るべき狂気だった。

その山本安雄は今、精神科の病院の重病棟に入れられており、完治の見込みは薄いと聞いている。ということは、山本はこの作品の存在自体を忘れているのではないか。

「つまり――」

白鳥の口許がゆるみ始める。

最初は控えめだった笑いが、やがて哄笑《こうしよう》に変わった。笑いが止まらなかった。白鳥が何ヵ月も勾留されていたことが、決して無駄ではなくなったのである。白鳥の不在の間に、なんと山本安雄が白鳥のために長編を一本仕上げておいてくれたのである。しかも、とびきり出来のいい作品を。

これが笑わずにおれようか。多少、手直しすれば、白鳥翔の第二作として『倒錯のロンド』を発表できる。山本の作品を盗作することになるが、露顕する心配はない。これまで、山本から被った数々の迷惑を考えれば、これでおあいこである。

『幻の女』が受賞してから一年以上、短編一本も書けなかったスランプ、そして何ヵ月もの勾留生活が、今は懐かしい思い出に変わった。

白鳥はキッチンからグラスを持ち出してきて、スコッチを注いだ。グラスを高く掲げると、グラスに彼の顔が少し歪んで映った。

「乾杯！」

白鳥は生《き》のまま呷《あお》った。実作者の山本安雄のために、そして長いスランプを脱した白鳥自身のために――。

五　最後の倒錯

1

「……とまあ、こういうわけですが」

「なるほどね、とても面白かった。最後のどんでん返しの連続はさすがだと思ったね」

「月刊推理」の藤井茂夫は、『倒錯のロンド』の原稿をテーブルに置くと、白鳥翔を感心したように眺めた。「いや、実に傑作だ。手応えも充分あるし」

「藤井さんにそう言われると、私も嬉しいですよ。不自由な勾留生活が、結局スランプの脱出につながったのかな」

「事実を書いた強みだね。永島一郎の『盗作の進行』は山本安雄の日記をただ単に写しただけのものだったけれど、この『倒錯のロンド』は白鳥さん自身のストーリーも並行しているから、面白さが倍になっている」

「盗作者対実作者の対決の構図ですね」

「白鳥さんもおかしくなっていくところがまたすごい。あれ事実なの？」

「当然ですよ。あれだけ山本にしつこくからまれたら、頭がおかしくならないはずがない。『月刊推理』に変な奴が来て、私の『幻の女』が盗作だと訴えたというのを藤井さんに聞いていたでしょ。それで最初に山本から電話があった時、あっと思っちゃったんです。その反応を、山本は私がやましいことをしたからだと受け取ってしまった。それ以来、山本は私にいろいろ仕掛けてきたわけです」

「なるほどね。おれも山本が社まで押しかけてきた時に、山本の書いた『幻の女』が白鳥さんの盗作だとわかっていたんだけどね、頭のいかれた奴に何を言ってもしょうがないと思って、黙って追い返してしまったんだ。あの対応もまずかった。あの時、本人にしっかり知らせるべきだったんだ」

「すんでしまったことは仕方がないですよ」

白鳥は苦笑する。「ところで、藤井さん、これ、どうでしょう、売れますかね」

「絶対売れる。ベストセラー間違いなしだよ」

「ほんとうですか。藤井さんのお墨付きがあると、心強いな」

「今日、これ持ち帰っていいかな？」

「うん、そうですね」

白鳥は少し考えた。「もうちょっと手を入れさせてもらえますか。年末までに何とか完成させますけど」

「まあ、そのくらいならいいですよ。そのうち打ち上げの会でもやりますかね。白鳥大先生」

「ええ、ぜひ」

二人は顔を見合わせて笑い出した。

「月刊推理」の藤井が帰っていったのは、夜十時をすぎていた。

白鳥は『倒錯のロンド』の最終チェックをするため、再び仕事にかかった。

ここ三週間、白鳥は山本安雄の原稿に手を入れてきたが、非常に楽しく、やりがいのある仕事だった。ほとんどは事実に即しているが、一部わずかに事実を曲げたところもある。それは白鳥に都合が悪い箇所である。

例えば、白鳥が立花広美を殺したくだりは、ぼかした表現にしておいた。よく読めば、白鳥の犯行ともとれる描写だが、読者は気がつかないだろう。

＊

Ａ（Ｐ292参照）

意識が再び戻ってくると、今度は変装していない本物の白鳥翔が目の前に立っていた。少なくとも広美にはそう見えた。彼女は依然、裸に剝《む》かれたままベッドに横たわっていた。

「助けて、翔さん……」

蚊の鳴くような声が喉から漏れる。彼女は精一杯の力をふりしぼって、彼に腕を開いた。

「汚らわしい売女《ばいた》め！」

男は彼女に覆い被さり、首に手をかけた。

「く、苦しいわ、翔さん」

彼女は漠然と死を意識した。

「翔さんに殺されて本望だわ」

それが混濁した意識の中で考えた最後のことだった。

＊

B（P293参照）

（P293参照）


「広美！」

しかし、返事はなかった。白鳥はよろよろとベッドに近づいていき、広美の動かない体を呆然と見下ろした。彼女は無邪気に眠っているふうにも見えるが、両足はだらしなく開いていた。足の付け根には黒々とした陰部がのぞき、ナメクジの這ったようなぬめりがあった。

「広美」

白鳥はもう一度呼びかけた。やはり返事はない。

「だから、あれほど山本を入れるなと言ったのに」

悔やんでも遅かった。彼女の体に触れてみると、まだ生きているように生暖かい。それはつまり、死んで間もないということだろうか。

気が遠くなりそうだった。いつまでもなすすべもなく、彼はその場に立ち尽くした。

＊

Aは立花広美の視点から、Bは白鳥の視点からの描写である。

白鳥は『倒錯のロンド』の中で、「A↓B」の順で配列したが、これを「B↓A」と並べかえて読むと、事件の真相がはっきりする。

もう少しわかりやすく説明すると、Bの段階で白鳥は広美が死んでいると思った。ところが、彼女はその直後に息を吹き返した。その時、動転していた白鳥は彼女が娼婦のように汚いものに感じられ、発作的に彼女の首を絞めてしまったのである。それは、一瞬、白鳥の心に忍びこんだ〝倒錯〟の世界なのであった。

白鳥は今、原稿の整理をしながら、この一年の間に彼を見舞った災厄を思い返していた。

いろいろなことがあった。実にいろいろなことがあった。

やれやれ――。

2

静まり返った部屋に、カチャッという金属音がするのを聞いた時、白鳥は編集者の藤井が来たのだと思った。原稿は今、ちょうど仕上げの段階に入っており、藤井には時間を見計らって取りにきてくれと言ってあったのだ。

あと一時間で出来上がるから、それまでそこのソファーにでも掛けて待っていてもらおう。

ダイニングのドアが開く音がかすかに聞こえた時、白鳥はふり向かずに言った。

「適当に酒でも飲んで待っていてくださいよ。もう少しで終わりますから」

答えはなかった。足音もしなかった。

気のせいかと思って、再び仕事にかかる。

絨毯《じゅうたん》を擦るような音がした。

脱稿を間近に控えての気持の高ぶりがなければ、彼にも異常がわかったにちがいない。

突然、背中に熱いものが突き立てられたような感覚を味わった。何事が起きたのか、すぐには判断できなかった。頭の中が急に朦朧《もうろう》としてきた。背中に手をまわすと、何かが刺さっている。鋭い刃先に触れた時、手が切れたはずだが、不思議に痛みは感じなかった。

死はあまりにも急激に白鳥を襲い、その痛覚さえ奪ってしまったのである。

椅子ごと倒れる時、白鳥は部屋を出ようとする犯人の小さな後ろ姿を見た。その手には、彼の原稿が握られていた。

こと切れる直前、鍵は山本安雄から誰の手にわたったのだろうと考えていた。

エピローグ　盗作と倒錯

〔第34回　江戸川乱歩賞〕
締切迫る！

本年度第33回江戸川乱歩賞は石井敏弘「ターン・ロード」が受賞作に決定、講談社から好評発売中です。第34回の原稿の締切が迫りました。推理界に新風を送る力作をお待ちします。

□選考委員（五名）
海渡英祐／北方謙三／日下圭介／中島河太郎／和久峻三（五十音順）

社団法人／日本推理作家協会

一月三十日〈山本安雄の手記〉

明日は江戸川乱歩賞の原稿締切日だった。

ぼくは出来上がった原稿をもう一度ぱらぱらとめくって、最終チェックに余念がなかった。全部で四百三十枚、タイトルは『倒錯のロンド』だ。

去年の十二月の時点では、『幻の女』を月刊推理新人賞に応募するつもりだったが、「月刊推理」の編集部にあの陰険な副編集長の藤井茂夫がいるかぎり、ぼくの入選はおぼつかないと思い、急遽《きゆうきよ》ターゲットを江戸川乱歩賞に変更したのだった。

ところが、病室で執筆を進めているうちに、ぼくは大変なことを思い出した。『倒錯のロンド』という原稿を白鳥翔のマンションに置き忘れていることに気がついたのだ。

あの作品はぼくの会心作で、『幻の女』より数段出来がよかった。だから、ぼくは当然『倒錯のロンド』を応募することに方針を変えたのだった。

しかし、ぼくは病院から出歩けないので、十二月の末、代わりにおふくろに白鳥のマンションに取りに行ってもらうことにした。白鳥の部屋の鍵はぼくが持っていたので、おふくろにわたした。

おふくろは、その翌朝早く原稿を持ってきてくれた。原稿に茶色い染みがついていたので、その点を質《ただ》すと、おふくろは途中で転んで手を切ってしまい、血が原稿に付いてしまったのだと言った。「若くないんだから、体には気をつけてくれよ」と、ぼくは注意した。

締切が間近に迫っていたので慌てたが、わずか一ヵ月の間に原稿を完璧なものに仕上げることができた。これで乱歩賞が取れなければ嘘だろう。今度の作品には、それだけ自信があるのだ。

*

病室にトントンというノックの音がして、おふくろがしわくちゃの顔をのぞかせた。

ぼくは今、入院中で監視がきついので、一歩も外に出られない。だから、原稿はおふくろに投函してもらうつもりでいる。

「かあちゃん、頼んだよ」

「わかったよ、安雄。でも、もうこれっきりだぞ」

「大丈夫さ、今度の江戸川乱歩賞は確実に取れるよ」

そう言って、ぼくはおふくろの背中を軽く押した。

この二年、ぼくの原稿にからんで、実にいろいろな事件が起きた。今でも命があるなんて、とても信じられないくらいだ。

…………

（終）

＊そして、物語の本当のクライマックスへ。『倒錯のロンド』は江戸川乱歩賞を受賞できたでしょうか。次のページに結果発表があります。さあ、ページをめくってみてください。（筆者）

第34回 江戸川乱歩賞 決定発表

入選作品 〈正賞＝シャーロック・ホームズ像ならびに副賞＝印税全額〉

倒錯のロンド

折《おり》原《はら》 一《いち》 （東京都北区）

社団法人 日本推理作家協会

協賛 株式会社 講談社

エピローグ（つづき）　倒錯の完結

やった、やった。ついにやった。ぼくは夢にまで見た江戸川乱歩賞を受賞したのだ。両目から涙がどっとあふれてくる。涙で滲《にじ》む目で入選作品のタイトルが『倒錯のロンド』であることを何度も確認する。間違いなかった。

賞金はないが、発行した分の印税がすべてぼくのものになる。例えば、定価が千四百円の場合、五万部刷るとしたら七百万円がぼくの手に入るのだ。江戸川乱歩賞の受賞作という名前があれば、五万部どころか十万部だって夢ではない。

興奮がやや落ち着いたところで、ハンカチで両目を拭《ぬぐ》った。すると……。

あれっ、作者の名前が山本安雄ではなく、折原一になっているではないか。おかしい、これはいったいどうしたというのだ。

ぼくは両目の涙をすっかり拭い、頭をすっきりさせてから、もう一度乱歩賞の結果を見た。違う。受賞作は『倒錯のロンド』でもなかった。ぼくは自分の願望を紙の上に投影させていただけだったのだ。第三十四回の江戸川乱歩賞の受賞作は坂本光一の『白色の残像』という作品だった。

第34回 江戸川乱歩賞 決定発表

入選作品〈正賞＝シャーロック・ホームズ像ならびに副賞＝印税全額〉

白色の残像

坂《さか》本《もと》光《こう》一《いち》（東京都江東区）

社団法人　日本推理作家協会

協賛　株式会社　講談社

昭和六十三年度第三十四回江戸川乱歩賞は、一月末日の締切りまでに三百六十九篇の応募があり、次の六十三篇が第一次予選を通過しました。続いて第二次予選の結果、太字で示した二十篇が選ばれ、さらに第三次予選で選ばれた※印の四篇が、候補作として審議されることになりました。

※折原一「倒錯のロンド」
※池上敏也「衛星作戦の女」
※坂本光一「白色の残像」
※吉岡道夫「鬼火列車」

六月三十日、海渡英祐、北方謙三、日下圭介、中島河太郎、和久峻三、五氏選考委員出席（司会、井沢元彦氏）のもとに、最終選考委員会を開き、坂本光一「白色の残像」を入選作に決定しました。

入選作の刊行は、九月中旬の予定です（講談社刊）。

なお、引続き、第三十五回（昭和六十四年度）の作品募集を行ないます。推理小説に新しい分野を拓く意欲的な作品を多数寄せられることを期待します。

社団法人　日本推理作家協会

［選評］

●選　評　北方謙三

候補作の四編は、ある水準に達していた。ようやくある水準に達していると感じられるものもあれば、まだある水準に留っているとも思えるものもあった。そのあたりの見極めも、選考の任を負った者の、責任のひとつだろう。

四編とも、それぞれ毛色は違っていた。

気になったのは『鬼火列車』という作品である。それなりの技倆はあるが、あまりに類型であった。この種の賞では、それは大きなハンデとなる。ミステリーというものから離れて、人間を見つめ直す作業を、一度試みたらどうだろうか。なまじの手練れだけに、惜しまれる。

受賞作は、高校野球を扱ったものであるが、私は野球小説としては読まなかった。ある意味では、青春小説、成長小説として読んでもいいものだった、と思う。野球については詳しいし、それがあるリアリティを付加していることも確かだが、むしろかつて高校野球に打ち込んだ男たちの、血の熱さの方に迫力があった。野球賭博やセミプロ化した名門高校の野球部の実態もかなり描かれているが、それは物語を牽引するためのものとして、私は読み進めた。

この作品の欠点は、いくらでも指摘できる。名門高校で選手に施されている特殊な訓練のリアリティ、後半の密室殺人の安易さ、乱歩賞というものを、意識しすぎたのではないか、と感じられる部分が多分あった。

しかし、私が読後にまず感じたのは、減点法で評価すべき作品ではない、ということだった。この作品には、読むものに投げかけてくる、なにかがある。それは作者自身の思いかもしれない。言葉では表現しにくい、熱気のようなものかもしれない。そしていま、小説が必要としているものは、まさしくそのなにかなのではないのか。

そういう思いで、躊躇なくこの作品を推した。しばらくは、型にこだわらずに暴れて欲しい。

●選　評　中島河太郎

多くの応募作品の中から選ばれた候補作だけに、それぞれ読みごたえがあった。

折原一氏の「倒錯のロンド」は、推理小説賞の応募作を車中に置き忘れたので、それを拾った別人が投稿する話で、構成に工夫が凝らされている。

それを「狂気」で処理しようとしたため、説得力に欠け、文章も粗くてせっかくの構想を生かしきれなかった。

池上敏也氏の「衛星作戦の女」は、日本とアメリカの会社が新薬の特許出願をめぐって抗争する話である。その背後にひそむスパイの追及と策謀のからくりを描く文章はなだらかだが、盛りあがりに欠けている。

坂本光一氏の「白色の残像」は、高校野球の改革をめざす監督たちの意図が、熱情をもって描かれている。球界美談めいた趣向もあまり気にならないほど、ひたむきな態度に、さわやかな後味を覚える。

さらに野球賭博や打撃の秘密をからませ、野球界の裏面に目を向けて、作品の幅を拡げている。ただ殺人事件の謎を密室仕立てにしたため、その解明が窮屈になっているのが惜しい。

吉岡道夫氏の「鬼火列車」は、人気女優の死が自殺説から他殺説に傾く。画商の慕情や犯人の追及など、達者な筆使いでまとめられてはいるが、新鮮味に乏しかった。

私は「白色の残像」を一位に、「衛星作戦の女」を二位に推した。

●選　評　日下圭介

「白色の残像」

読んで気持ちのいい作品だった。メッセージがある。高校野球に対する作者の熱い思いが（批判を含めて）心地よく伝わってくる。ディテールも適確だ。しんからの悪人を登場させないという優しさも、好感が持てた。だが、殺人事件に関しては、やや精彩を欠く。特に最後の事件では、展開と収拾の仕方が強引でリアリティーを欠くのが気になった。野球を巡るサスペンスだけで、じゅうぶん魅力があるのだから、殺人事件はなくてもよかったのではないか。

「衛星作戦の女」

この作品では、殺人事件がひとつも起こらない。それでいて最後まで引き込まれた。他の候補作のように、ヘンな刑事を読まされずに助かった。しかし読後、これといった印象が残らないのは不思議なほどだ。若い女性を主人公に選んだのは、この作品の場合、失敗ではなかったか。日米企業の謀略戦という、本来シリアスなテーマが、ヒロインが活躍すればするほど、軽くなってしまう。「イカワ」というスパイのありようも、疑問を感じた。力のある作者と思えるだけに、今後を期待したい。

「倒錯のロンド」

主要登場人物のほとんどが、異常者だというのでは、まともに読んだ方が、ずっこけるばかりだ。読者は誰に感情移入しろというのだろう。着想はともあれ奇抜で、虚実すれすれの、薄氷を踏むような表現の工夫は評価したいが。

「鬼火列車」

芯のない作品だ。何を書きたかったのか。真相追及の過程も、偶然とご都合主義の連続だから、推理のカタルシスもなければ、サスペンスもない。文章や構成は悪くないので、推理小説を甘く見ず、出直してほしい。
●江戸川乱歩賞 選評　和久峻三

今回は、力作が目についた。そのなかで、「鬼火列車」と「白色の残像」の二作を推した。「鬼火列車」は、破綻が少なく、まとまった作品であり、作者が一応〝書ける人〟であることをうかがわせる。

その反面、新人らしい個性や、今後の可能性を感じさせるものが乏しいという意見が出た。

しかし、この作品を受賞の対象外へ追いやるのは、惜しいという気持ちを、いまでも、わたしは抱いている。

野球をあつかった「白色の残像」は、球種をバッターに知らせ、確実にヒットを打たせるという、その手口にひかれるものがあり、野球には全くのシロウトであるわたしにも、なかなか、おもしろく読めた。だが、球種を知る仕掛け、つまり「手品」

が、実際のゲームにおいて、果たして、それなりの威力を発揮するのか、言うなれば、野球を知る読者を充分に納得させるにたりるリアリティをもつものか、どうか、野球に弱いわたしには、ちょっと、わかりかねたものの、野球にくわしい委員の意見に従い、この作品を支持した。

「衛星作戦の女」は、着想はいいのだが、もう一つ、迫力を欠く。着想倒れに終わったかの感もある。

特許紛争というのは、この作者の想像をはるかにこえた熾烈なものだ。そのへんのところが、いかにも、ものたりない。作者の意図は、日米の製薬会社の駆け引きをリアルに書き込むことにあったらしいが、残念なことに、中途半端なものになってしまっている。いずれにしろ、作者としては、この種の作品を手がけたいのなら、もっと緻密な取材が必要であったろう。

もしかすると、作者自身が、選ぶテーマを間違えているのではないかとさえ、わたしには思えた。

「倒錯のロンド」については、その手法自体は、さして目新しいものではなく、何よりも、作品を読み終わったときの後味の悪さがマイナスに作用している。

●少数意見　海渡英祐

今回は、他の選考委員諸氏と私の見解は大きく喰い違った。まず、当選作の『白色の残像』についてだが、たしかに力作感はあるものの、根本的なところで二つの大きな難点があり、私にはどうしても納得できない。

その一つは、向井という中心人物の心理状態で、高校野球を浄化するためと称しながら、やっていることはまったく逆であり、その点に無理がありすぎる。自分が監督をしているチームの選手たちに汚名を着せるのも辞さず、賭け屋と関係まで持つという、目的のためには手段を選ばない行為が、理想主義に発したものだと言われても、とても正気の沙汰とは思えない。信光学園の不正を糾弾するためなら、たとえばOBを一人抱きこんで証言されるなど、まともな手段がいくらでもありそうなものだ。

もう一つの難点は、殺人現場の設定のしかたである。甲子園大会のさなかに、賭け屋が優勝候補二チームの監督を自宅へ呼びつけるというのは、何とも非常識な話で、しかもその理由がまったく記されていない。事件関係者の動きがいかにも御都合主義で、安直な感じを受けるし、密室殺人についてもかなりの無理が目立つ。

私がベストに上げたのは『倒錯のロンド』で、いちばんオリジナリティがあるし、小説のうまさという点でも群を抜いていると思う。着想の面白さと洒落っ気によりかかったお遊びの産物であり、パロディとも言えるこの種の作品は、人によって好き嫌いの差が激しいのだろうが、私は高く評価したい。生半可にリアルぶっていながら、おかしなところだらけの凡作が氾濫しているだけに、よけいこうした才能を買いたいのである。

『衛星作戦の女』はいちおうの水準には達しているが、話の運びが強引すぎるし、味も素気もない文章で、人物もうまく描けていない点に不満をおぼえる。『鬼火列車』はオリジナリティに乏しく、やたらに視点の変るスタイルといい筋立てといい、全体に御都合主義が眼にあまった。

「解説のロンド」

山本安雄

＊以下は解説ですが、作品の一部です。トリックに触れる箇所があるので、絶対に本文より先に読まないでください。

私の『倒錯のロンド』は、江戸川乱歩賞を受賞することによって完成するミステリーである。結果的に受賞できなかったことは、この小説の「瑕疵《かし》」というか重大な「欠陥」になっている。

一九八九年に講談社から単行本として刊行された時、作者としては本を出せたことが嬉しく、この小説の欠陥についてはなるべく考えないようにした。ところが、私の意図するところは、目利きの評論家や読者の一部は気づいていてくれていて、小説の書き手としては嬉しかった。そのことによって当初の目的に近い完成版を作ることが私の生涯の夢になったのである。

その夢は、約三十年後の今、講談社文庫『倒錯のロンド　完成版』によって叶うことになった。受賞できなかったことをマイナス十点とするなら、得点は百点満点で九十点ぐらいと考えていいだろう。


ここで『倒錯のロンド』の成り立ちについて書いておこう。

この作品は、当初、別の推理小説の賞に応募し、一次予選も通過しなかった作品である。作者としては納得できず、一九八八年一月、若干の修正を加えたうえで締め切りの近かった江戸川乱歩賞に応募した。自信はあった。これが落選したら、乱歩賞はインチキだ、存在価値はないと思うほどの尊大な自信を持っていた。

投稿してから約三ヵ月後、講談社から「山本安雄」宛に一通の手紙が届く。

とうとう来たかと思った。これが落選通知のはずはないだろう。応募者一人一人に落選通知を送るほど編集部は暇ではない。これは間違いなく予選通過の通知にちがいない。

震える指先で封筒を破り、中身を取り出すと、果たして予選通過の案内だった。

ご健勝のこととお喜び申し上げます。

先頃貴方が応募されました第三十四回江戸川乱歩賞の原稿が予選を通過して候補作に選ばれました。

最終選考委員会は六月三十日に開かれる予定になっておりますが念の為別紙誓約書に御署名いただくと共に、当選決定の時、直ちに新聞、雑誌等に発表するための資料として、別記の件お差支えない範囲でお知らせ下さいますようお願いいたします。

昭和六十三年五月十三日

講談社　文芸図書第二出版部
江戸川乱歩賞係
玉　川　総一郎
大　石　　一夫

山本　安雄　殿

最終候補作は四点。受賞する確率は二割五分、二作同時受賞なら確率は五割。この時点で、私は受賞をほぼ確信したのである。これが落ちるはずがないという自信は増していった。

通知には、「念のためにマスコミ等に送る資料を作るので誓約書にサインをしてほしい」といった内容のことが書いてあった。その当時、私は少し神経質になっており、私の受賞を妨害する者が存在するといった（漠然とした）恐怖にとらわれていた。そこで、私はペンネームを「折原一」に変更し、誓約書にサインをした。

選考会は六月三十日。

私はその日の夕刻から、電話の前で待機していた。耐えられないほどの長い待ち時間だったことをはっきり覚えている。

電話があったのは、午後七時半すぎ。リーンリーンと黒電話が鳴った。おそるおそる受話器を取り上げ、耳に強く押しあてると、中年男性の低い声が聞こえてきた。

「残念ながらあなたの作品は落選しました」

えっ、嘘だろう。私はショックのあまり、言葉を失った。

「次回の応募をお待ちしています」という相手の事務的な言葉に対し、私はすがりつきたい思いでこう言った。

「これ、本にしていただけるんですか？」と。

「いや、それはわかりませんね。では、これで」

急いでいるというか、若干困惑したような声。

「あのう」と言いかけたところで無情にも電話は切れた。落胆していたところに電話が入る。編集者が言い忘れたことがあってかけなおしてきたのかと思ったが、相手は母だった。

「結果はどうだった？」

「だめだったよ」

「そうかい」

がっかりしたような母の声に私の気持ちはさらに重く沈んだ。

「かあちゃんがひと肌脱ごうか？」

「おいおい、おふくろ、変なことを考えるなよ」

「でもね、おまえ」

「ほっといてくれよ」

私は受話器を叩きつけた。

それからの脱力した日々……。目的を失った私は、部屋から一歩も外に出ず、畳の上にごろごろと寝転んでいるばかりだった。

蝉の抜け殻のようになった私を救ってくれたのが、乱歩賞の選考委員だった海渡英《かいとえい》祐《すけ》氏からの手紙だった。一九八八年の七月のことである。

「……乱歩賞の選考では衆寡敵せず、残念な結果となりましたが、あまり落胆されることはないと思います。選考委員の好みなど、この種の賞に運不運はつきものですし、あなたの作風は万人向きとは言えないでしょうから。

私がいちばん高く評価するのは、あなたの持っている個性であり、選考後に『五つの棺』を拝読して、よけいその感を強くしましたし、自分の眼力にも改めて自信を持ちました。その個性をまげて、万人向きに一種の妥協を試みる必要はまったくないと思います。自分の作風を認めてくれるやつもいるだろう……と、開きなおっていいのではないでしょうか。

ただ、いくぶん先輩ぶった忠告を申し上げれば、『倒錯のロンド』については、もう少しパロディ色を強めたほうがよかったと思います。たとえば、主人公以外の、新人賞に憑かれた正常な人物をもう一人登場させ、その苦闘ぶりをえがくことによって、新人賞の悲喜劇という面を強調する書き方もあったでしょう。『五つの棺』も同様で、主人公の黒星警部の人物設定をもう少し工夫して、ユーモア色を強めれば、もっと良くなったと思います。

パロディ、あるいはブラック・ユーモア的な作品は、多少どぎついぐらいに書かないと効果が上がりにくいもので、中途半端になっては面白くありません。たとえば、Joyce Porter（ジョイス・ポーター）の Dover（ドーヴァー）や、Robert Fish（ロバート・フィッシュ）の Schlock Homes（シュロック・ホームズ）を思い浮かべていただければ、「誇張」の重要性がおわかりになるのではないでしょうか。そうでなければ、むしろ大まじめに、「どんでん返し」に全力を注いで書くほうがいい結果が得られるような気がします。

私自身は、最近の欧米の数少ない作品を含めて、いわゆる本格ものにちょっと絶望的な気分になっているのですが、あなたが一つの壁を破って下さることに期待しています。たとえば異常心理ものと本格ものを結びつけるとか、カーのドタバタ喜劇風の作品をもっと極端にしたものとか……勝手な注文かもしれませんが、あなたならできるのではないかと思います。…………」

海渡英祐氏のこの手紙に励まされ、私の作風は固定されたといっても過言ではない。そして、「折原一」として本格的に活動していくことに決めたのである。

一九八九年七月、『倒錯のロンド』は講談社から刊行され、本の帯には島田荘司氏の推薦文が載った。

「一読後、まさに驚嘆した。これは大変な傑作だ。そして後書まで読み、切なくなって、もう陽は高いのに、なかなか寝つかれなかった。この作品が乱歩賞を落ちた時の件りが、後書で書かれていたからだ。僕がもし審査員の一人だったら、断じてそんなことはさせなかった。島田荘司」

島田氏の書いておられる私の感傷的な「後書」は、今回の完成版でははずしてある。興味をお持ちの方は、改訂以前の版を参照していただきたい。

さて、『倒錯のロンド』は刊行後、「江戸川乱歩賞を受賞することで完成する作品」

と多くの人たちから感想をもらった。みんな、作者の意図をわかってくれているんだなあと心強く思った。江戸川乱歩賞の夢は叶わなかったが、こういう手練れの読み手の声にも大いに元気づけられたのである。

最後に、このたびの『倒錯のロンド』は（作者の当初の意図とは異なるものの）、賞の結果以外は「完成形」に限りなく近づけたものと自負している。

山本安雄、いや、折原一（どっちでもいいや）

●本作品は、一九八九年七月、小社より初版刊行され、一九九二年八月に文庫化されたものに加筆・修正を加えた「完成版」です。

|著者| 折原 一　埼玉県生まれ。早稲田大学第一文学部卒業。編集者を経て1988年に『五つの棺』でデビュー。1995年『沈黙の教室』で日本推理作家協会賞〈長編部門〉を受賞。『倒錯のロンド』は、デビュー年の第34回江戸川乱歩賞に応募した作品が原型。その後、叙述トリックを駆使した本格ミステリーで話題作を連発する。著書に『倒錯の死角《アングル》』『倒錯の帰結』『異人たちの館』『叔母殺人事件』『冤罪者』『傍聴者』『グランドマンション』『黙《もく》の部屋』など。

倒錯《とうさく》のロンド　完成版《かんせいばん》

折原《おりはら》 一《いち》

講談社文庫

定価はカバーに
表示してあります

2021年1月15日第1刷発行

発行者――渡瀬昌彦
発行所――株式会社 講談社
東京都文京区音羽2-12-21　〒112-8001
電話 出版 (03) 5395-3510
販売 (03) 5395-5817
業務 (03) 5395-3615

Printed in Japan

デザイン―菊地信義
本文データ制作―講談社デジタル製作
印刷――豊国印刷株式会社
製本――株式会社国宝社

ISBN978-4-06-521965-2

講談社文庫刊行の辞

二十一世紀の到来を目睫に望みながら、われわれはいま、人類史上かつて例を見ない巨大な転換期をむかえようとしている。

世界も、日本も、激動の予兆に対する期待とおののきを内に蔵して、未知の時代に歩み入ろうとしている。このときにあたり、創業の人野間清治の「ナショナル・エデュケイター」への志を現代に甦らせようと意図して、われわれはここに古今の文芸作品はいうまでもなく、ひろく人文・社会・自然の諸科学から東西の名著を網羅する、新しい綜合文庫の発刊を決意した。

激動の転換期はまた断絶の時代である。われわれは戦後二十五年間の出版文化のありかたへの深い反省をこめて、この断絶の時代にあえて人間的な持続を求めようとする。いたずらに浮薄な商業主義のあだ花を追い求めることなく、長期にわたって良書に生命をあたえようとつとめるところにしか、今後の出版文化の真の繁栄はあり得ないと信じるからである。

同時にわれわれはこの綜合文庫の刊行を通じて、人文・社会・自然の諸科学が、結局人間の学にほかならないことを立証しようと願っている。かつて知識とは、「汝自身を知る」ことにつきていた。現代社会の瑣末な情報の氾濫のなかから、力強い知識の源泉を掘り起し、技術文明のただなかに、生きた人間の姿を復活させること。それこそわれわれの切なる希求である。

われわれは権威に盲従せず、俗流に媚びることなく、渾然一体となって日本の「草の根」をかたちづくる若く新しい世代の人々に、心をこめてこの新しい綜合文庫をおくり届けたい。それは知識の泉であるとともに感受性のふるさとであり、もっとも有機的に組織され、社会に開かれた万人のための大学をめざしている。大方の支援と協力を衷心より切望してやまない。

一九七一年七月

野間省一